后浪

婚活食堂

3

[日]山口惠以子 著

郑世凤 译

四川文艺出版社

图书在版编目（CIP）数据

婚活食堂. 3 /（日）山口惠以子著；郑世凤译. --
成都：四川文艺出版社，2022.6
ISBN 978-7-5411-6302-9

Ⅰ.①婚… Ⅱ.①山… ②郑… Ⅲ.①长篇小说—日
本—现代 Ⅳ.①I313.45

中国版本图书馆CIP数据核字(2022)第043888号

KONKATSU SHOKUDO 3
Copyright © 2020 by Eiko YAMAGUCHI
Illustrations by pon-marsh
Design by Yoshinao OHKA
All rights reserved.
First original Japanese edition published by PHP Institute, Inc., Japan.
Simplified Chinese translation rights arranged with PHP Institute, Inc.
through Bardon Chinese Creative Agency Limited

本书简体中文版权归属于银杏树下（上海）图书有限责任公司
版权登记号：图进字21-2021-535号

HUNHUO SHITANG 3

婚活食堂3

[日] 山口惠以子 著

郑世凤 译

出 品 人	张庆宁
选题策划	后浪出版公司
出版统筹	吴兴元
编辑统筹	尚 飞
责任编辑	邓 敏
特约编辑	陈怡萍
责任校对	段 敏
装帧制造	墨白空间·李 易
营销推广	ONEBOOK

出版发行	四川文艺出版社（成都市锦江区三色路238号）
网 址	www.scwys.com
电 话	028-86361781（编辑部）

印 刷	嘉业印刷（天津）有限公司			
成品尺寸	130mm×185mm	开 本	32开
印 张	8.75	字 数	130千字
版 次	2022年6月第一版	印 次	2022年6月第一次印刷
书 号	ISBN 978-7-5411-6302-9	定 价	39.00元

目录

给春日野菜注入满满的爱

四月一过半，季节逐渐从春天步入初夏。黄金周便近在眼前了。

碧空万里无垠，天气持续晴暖，这样的日子已经不需要穿外套了。道路两旁的树叶也愈发葱翠。

不止如此，白昼也变长了。若是冬天的下午五点，那早就是太阳落山、漆黑一片。而现在这个时候，即便到了六点开始营业的时间，太阳也都没有完全下落，天光尚存。

惠将门帘挂到店外，打开立式招牌的电源，将挂牌翻到了"营业中"那一面。

她刚刚返回到店内，走进吧台，立即就有顾客打开玻璃门走了进来。

"欢迎光临！"

"你好！"

看清来人后，惠不由得微笑了。那是上周偶然出现在店里的一位顾客。上次他是跟一位和他差不多上了年纪的男客人一起来的，而这次随行的是一位比较年轻的男士。

"老师，您经常来这边吗？"

年轻男士这么一问，老师摇了摇头说：

"不，我上周碰巧进来过一次……没想到是一家很不错的小店。"

老师的年龄在六十岁上下。个头瘦高，长相知性，温文尔雅，举止大方。他的声音柔和，又不失洪亮。因为这周边有多所学校和医院，看样子，这位老师大概是从事教育或者医疗方面的吧。

另一边，那位年轻男士显得非常瞩目。此人年龄应该在四十岁上下，如模特般仪表不凡。而且，那张脸完全不会给人轻浮的印象，可以说看上去冷静而透彻，充满知性、意志坚定的样子。惠觉得一直盯着人家看不礼貌，便移开了视线。不过，能感觉到他已经习惯了总是被人看。

"两位喝点什么呢？"

惠一面递上湿毛巾，一面问道。老师跟上次一样，要了小杯生啤。

"武林君喝什么？"

"我也要一样的。"

两人将视线投向吧台上摆放着的大盘子。

"小菜是从这里面选，对吧？"

"是的，请挑选点单。"

今天的大盘料理是煮款冬和油豆腐、凉拌卷心菜、新土豆炖鸡、煎蛋卷、炒牛蒡丝这五道。小菜盛在小碟子里，每碟三百日元，在主菜单里单点的话，会盛到小钵子里，每碗五百日元。

"好难选啊，看起来都很好吃的样子。"

老师喜滋滋地嘟囔着，考虑了一会儿。

"嗯……小菜要煮款冬，然后单点一份新土豆炖鸡。这可是我非常喜欢吃的啊。"

"给我来个炒牛蒡丝吧。"

"好的，谢谢。"

此时，不知为何，惠突然后背掠过一阵凉意。不知是对武林的什么东西起了反应。当她不由自主地回头凝视武林时，武林的手机响了起来。

"失礼了。"

武林从衣服兜里取出手机，目光落到屏幕上，恼恨地皱眉道：

"老师，非常抱歉。好像研究室那边出了什么乱子。"

武林麻利地站起身来，鞠躬致歉。

"没事儿，你快去看看吧。"

老师挥了挥手，儒雅大方地答道。

"对不起，我先告辞了。"

武林再次鞠了一躬，小跑着出了店门。

坦白讲，惠松了一口气。虽然详情不明，但是，她从武林身上感觉到了一种险恶的气息……

惠在收拾武林的座位时，老师不慌不忙地盯着挂在墙上的"今日推荐菜"。

蚕豆、萤鱿、竹笋冬葱凉拌蛤蜊、刺龙芽和黄瓜香天妇罗、炸蛤仔、银鱼鸡蛋羹。

老师喝着啤酒，筷子伸向新土豆炖鸡。这道菜的做

法是先洗干净带皮新土豆，然后和鸡肉一起用橄榄油炒
一炒，炖煮好。因为还放了青豌豆点缀，看上去也很赏
心悦目。

老师用筷子夹着青豌豆，有些惊奇地说道：

"这个豆子很好吃啊。不是罐装的那种吧？"

"不是，我买的是带豆荚的，这个季节的新鲜货。"

惠在心里做了一个欢呼雀跃的胜利姿势。能注意到
这种细节的顾客并不多。

"嗯……这个也很难决断啊。怎么办呢……蚕豆和
萤鱿，再给我一份凉拌菜。"

"好的，知道了。"

老师喝光了玻璃杯里的啤酒，清空了碟子里的小
菜，小钵子里的煮菜也已经吃了一半以上。

惠首先将蚕豆盛到容器里，端给了他。虽然只是简
单地用盐煮了一下，但因为时令马上就过了，因此这道
菜是这个季节到小饭馆不可欠缺的美味。

"酒有什么样的？"

"今天有喜久醉和日高见。喜久醉是静冈产的，日

高见是宫城产的。两种都是很清爽、高级的口感，跟关东煮和刺身都很对味哦。"

"那么，就先来个喜久醉吧。来一杯冰镇的。"

惠往玻璃瓶里倒酒。热酒和冷酒用的容器是不一样的。上热酒的时候用陶瓷，上冷酒的时候用玻璃器皿。

惠特意没去过问武林的事情。尽量避免跟危险人物产生瓜葛是最稳妥的。

"请用。"

斟上第一杯酒后，惠用手指了下关东煮大锅。

"从今天开始，关东煮里面我放了竹笋和洋葱。都是当季的新鲜菜，您可以品尝一下。"

"竹笋啊……今年大概是第一次吃呢。"

老师眯起了眼睛。

"难得吃到，那就要你推荐的竹笋和洋葱吧。然后，再来份葱段金枪鱼和牛筋。上次就觉得很好吃，忘不了那个美味，今天我也不由自主地过来了。"

"呀，非常感谢。"

竹笋是连皮一起放到米糠水里焯过的，为的是去

12

掉涩味，使口感更柔和。之后再剥皮切成细条，放到关东煮大锅里煮至入味。新鲜竹笋特别适合这种简单的料理和调味方式。一口咬下去，馥郁的清香、甘甜和微苦，瞬间满嘴蔓延。这样的美味也许正是春季野菜的特色吧。

老师嘴里含着竹笋，双眼陶醉般地眯成了两道缝。

"晚上好！"

不久，第二拨顾客进店了。来的是三位上班族常客。紧接着，接二连三有顾客进门，吧台上的十个座位坐满了。

"麻烦结账吧。"

在喝光了第二杯日本酒日高见之后，老师向惠说道。

"您要开发票吗？"

惠递给他收据时这么一问，老师拒绝道："不，不用了。"

"谢谢您的光临。"

惠给他找完零钱后，从吧台里走出来，向他鞠躬道谢。因为是一个人操持店里所有的事，会有很多照顾不周的地方，所以惠觉得，至少在客人要走的时候，从吧台里出来送一送，也是一点心意了。

"谢谢款待。美咕咪食堂的'美咕咪'，原来指的是季节的'恩惠'啊。"[1]

"哎呀老师，不敢当，您过奖，太感谢了。"

"请别叫什么老师。我姓新见。"

新见面露苦笑，轻轻挥手说："那再见了。"便走出了店门。

从四谷车站徒步走一分钟左右，从千代田区一步迈入新宿区周边，那附近有一条叫作新道街的长约一百五十米的小巷。道路两侧除了为数不多的几家店铺，全都是饮食店。也不是什么高档饭店，尽是一些学生党和上班族可以轻松光顾的小店。

位于这条新道街的美咕咪食堂，是一家挂食堂之名的关东煮店。这家店历史悠久，上一任老板娘开店是在举办东京奥运会的 1964 年。那之后，距今十二年前，

1　日语店名为"めぐみ"，读作"megumi"，与"惠"的日语读音相同。

现任老板娘玉坂惠从引退了的上任老板娘那里，连货带铺一起盘下了这家店，继续经营至今。

实际上，惠原本是一位人气占卜师，饮食业方面完全是个外行，没有任何相关经验。全都是仰仗"关东煮"这种料理之便——将"现成的食材"放到锅里，美其名曰"关东煮"而已，这才勉勉强强支撑下来。然后，她拼命努力，一点点提高做菜的技术，不知不觉间，将小店水平提升到了"关东煮和时令美味料理店"。

可谁知，两年前，因为隔壁店铺起火，导致店铺所在的大楼全都被烧毁了。当然，美咕咪食堂也化为了灰烬。

一般这种情况下，就等着流落街头了。但是，借助在不可思议的缘分的牵引下，一直有交情的房地产租赁公司经营者真行寺巧的好意，惠成了新宿小料理店的外聘老板娘。去年又得以回到在原先的场所重建起来的大楼的一层，重新开了店。

所谓塞翁失马，焉知非福，外聘老板娘那段修行经历也让她受益匪浅。不但菜品种类得以扩展，酒类知识也有所拓宽。

重新装潢开张的现在这个店里，吧台上摆满了各种大盘料理，每天不重样的推荐菜也广受好评。因为价格实惠，吃吃喝喝没有负担，下班回家的上班族和居住在附近公寓里的单身居民经常顺路过来吃个晚饭、喝个小酒。把这边当饭堂的客人越来越多，小店的生意也安泰无忧了。

暂且算是可喜可贺。

然而，这世间之事，总是一波未平、一波又起。安稳平顺的日子往往持续不了很久。美咕咪食堂也眼看快有新的火种入侵了。

第二天九点过后，店里进来了两位顾客。

"哎呀，欢迎欢迎。"

来人居然是真行寺巧。他还是美咕咪食堂入驻大楼的老板。之所以晚上也戴着接近于"黑眼镜"的墨镜，是为了遮挡右眼睑上残留的疤痕。

真行寺平时极少会来营业中的美咕咪食堂。更罕见的是，这次居然还带着一位女伴。

"请坐，请坐。"

恰巧有两位女白领刚刚离开，吧台上空出来两个座位。惠一面劝坐、递湿毛巾，一面若无其事地打量那位女伴。六十岁左右的年纪，一位长相温柔的女士。惠觉得好像在哪里见过，却又想不起名字。

"这位是爱正园负责事务的大友麻衣女士。"

真行寺适时地介绍，帮她解了围。

"哎呀，失礼了，没认出您来。"

爱正园是一所儿童福利院。因为一些原因，由真行寺当监护人的少年江川大辉就在这家福利院。真行寺自己也是在爱正园长大的。现在虽然没有对外公开，但其实他一直在给予财政方面的援助。

"二位今天一起过来，很难得啊。"

"前几天真行寺先生顺道来院里的时候，我告诉他从四月份开始，我要搬到四谷这边住了。他一听便说，玉坂女士的店离车站很近，时间方便的时候带我过来坐坐。"

惠怀疑自己听错了。那个平素冷漠傲慢的真行寺，实在难以想象会这么亲切。还是说，他对惠以外的女性都很热情吗？

"谢谢您记挂。"

惠有些困惑地点头道谢。

"万一大辉有什么事，近处有熟人会比较方便嘛。"

真行寺面无表情地答道。他的心里似乎时刻挂念着大辉。虽然他跟大辉的母亲美里的缘分，只是曾借给过她就读营养师学校的学费而已，但是，他觉得美里是个认真诚实的人，就代替年纪轻轻却不幸丧生的美里做了大辉的监护人。

对于母亲去世、父亲行踪不明，姨妈又相当于逃窜到国外的年幼的大辉来说，在这种着实令人惶惶不安的处境当中，有一个牵挂自己的成年人在身边，是多么让他放心啊。更何况真行寺还是个值得信赖的大人。

"您喝点什么？"

"生啤，小杯的。"

"那我也要一样的吧。"

　　第一次来店里的麻衣一面用湿毛巾擦着双手，一面好奇地瞅着大盘料理。

　　"今天的大盘料理有炸炖新土豆、蛤仔炒鸡蛋、炖春笋、培根炒芦笋、重渍熏鲑鱼卷心菜。小菜请从这边选一个。"

　　麻衣指着大盘料理问道：

　　"这个重渍熏鲑鱼卷心菜，是像腌渍北海道鲱鱼那样的吗？"

　　卷心菜的翠绿和鲑鱼的粉色重叠成千层酥状的这道美味腌菜，看起来就十分新鲜。麻衣的目光也熠熠生辉。

　　"也许有相似的地方吧，不过这道菜只腌过一个小时。所以比起腌菜，我觉得更接近沙拉，是用盐曲 ¹ 来调味的。"

　　"请给我一份那个吧。"

　　麻衣要了一份重渍熏鲑鱼卷心菜，真行寺要了炖

──────────

1　一种日本传统调味料，用盐、曲子、水按一定比例混合后发酵而成。

春笋。

端上来喝的之后，接着上了小菜。麻衣立即拿起筷子开吃。

"啊，真的呢！熏鲑鱼虽然口感清爽，但是很有嚼劲。感觉它不是配角，而是主角。"

麻衣吃了一口，深深点头赞叹道。然后，她看向惠说：

"不愧是真行寺先生推荐的店。虽然这里是关东煮店，但是时令菜品也很丰富呢。"

接着，她的目光扫向墙上挂着的"今日推荐菜"。

海带卷鲷鱼片，凉拌萤鱿土当归，煮芦笋，罗勒酱拌蚕豆、牛油果和小番茄，刺龙芽和黄瓜香天妇罗。其中，天妇罗和凉拌萤鱿土当归已经售完，被惠画线划掉了。

麻衣似乎犹豫不决，不知道该选哪个好。

"今天最推荐的是海带卷鲷鱼片。虽然只是稍微腌了一下，但是跟刺身的味道有所不同，建议您尝一尝。"

"真会做买卖啊，那就要海带卷鲷鱼片吧。"

真行寺当即回应道。麻衣跟着说：

"我也要海带卷鲷鱼片。"

海带卷鲷鱼片跟腌菜一样，做起来并不费事。在鲷鱼片上撒一点点盐，把它夹进用酒擦拭过表面的海带中，再用保鲜膜包起来，放到冰箱里一个晚上就做好了。用盐沥去多余的水分之后，鲷鱼充分吸收了海带的美味。看上去虽然与刺身没有多大差别，但是咬上一口，你便会惊讶于它别具一格的味道。那黏黏糯糯的口感，将海带的鲜美充分缠绕到了舌尖上。

惠将海带卷鲷鱼片放到两人面前，配上了一小碟橙醋。

"只蘸芥末享用也很好吃哦。"

刚要将筷子伸向海带卷鲷鱼片的真行寺忽然停下了，问道：

"今天有什么日本酒？"

"有矶自慢和泽屋松本¹。矶自慢虽然也很好喝，但

---

1 矶自慢和泽屋松本都是日本拥有悠久历史的著名清酒品牌。矶自慢出产于静冈县，泽屋松本出产于京都。

是泽屋松本跟海带汤汁入味的煮菜是绝配，所以我觉得它肯定也很适合海带卷鲷鱼片。"

"那么就要它吧。大友女士要什么呢？"

"我也要一样的。"

"好的。"

惠一面往玻璃瓶里倒酒，一面琢磨着真行寺的想法。

大友麻衣是爱正园负责事务的员工。真行寺虽然没有公开过，但是一直在暗中向爱正园提供财政援助，也就是类似于所谓理事的身份。即便如此，真行寺对待大友的态度也没有任何的架子，甚至还能看出来有些谦让。这不是一天两天的态度，毫无疑问，他在作为实业家获得成功之前，一直对照顾自己长大的福利院保持着这样的姿态。

真行寺虽然在工作上是精明强干的实业家，可是在私生活上，或许是对自己老之将至，却仍无妻无子的人生感觉到了寂寞。正因为寂寞，所以他才想要向原本没有任何照顾义务的大辉伸出援手吧。

　　这对惠来说也十分感同身受。虽说已经进入了百年人生的长寿时代，可是，他们已经是人生过半的年纪，今后估计无法再活出与以前活过的同样的年数了，也会变得无法做到以前可以做到的事情。

　　惠突然发觉，人生有时候要从终点倒计时来考虑。明明十二年前还是一心只往前看的。

　　"白萝卜、魔芋、油炸豆腐。"

　　真行寺的声音将她的思绪拉回到现实。

　　"好的。大友女士要点什么关东煮呢？"

　　"嗯……要白萝卜和鸡蛋。这个成串的是什么？"

　　"这个是牛筋，这边是葱段金枪鱼……中肥金枪鱼[1]和深谷大葱[2]。"

　　"那我再来份牛筋和葱段金枪鱼吧。"

1　金枪鱼肉主要分为赤身、中肥、大肥三种。赤身脂肪最少、颜色最深，广泛分布于金枪鱼体内，尤其集中在脊骨周围；中肥脂肪量适中，分布于金枪鱼腹部和背部；大肥是脂肪最多、价格较昂贵的部位，主要分布在金枪鱼的前腹部和中腹部。

2　日本埼玉县深谷市所产大葱的总称。该市大葱产量位居日本第一，深谷大葱已成为日本国民品牌。

麻衣眼睛盯着牛筋，开心地说道。

"这肉很肥啊，跟便利店里的牛筋完全不一样。"

"谢谢。牛筋和葱段金枪鱼是本店引以为豪的菜品哦。"

惠将关东煮盛到盘子里递过去的时候，三位上班族顾客招呼她了：

"老板娘，麻烦结账。"

"好的，谢谢。"

时间已过十点钟，顾客们纷纷开始离开。

"也麻烦给我们结一下账吧。"

真行寺举起了一只手。

"今天非常感谢您陪我吃饭。"

"哪里的话。吃了这么一顿好吃的，我还要感谢您呢。"

真行寺和麻衣起身离座，互相鞠躬致谢。

惠也走出吧台，跟两人客气地道谢：

"非常感谢两位今天光临。"

真行寺环视了一圈店内，对麻衣说：

24

　　"就是这么一家朴素的小店，请您多来给她捧捧场。"

　　"好的，当然要来。关东煮和其他菜都很美味，我已经完全被折服了。近期一定会再来的。"

　　"请多多关照。"

　　惠走到街上目送两人离开。真行寺朝车站方向，麻衣则朝着相反方向走了。真行寺到哪里都是坐他配有司机的汽车，大概是让他的司机在某个地方等着吧。

　　送他们出门，就像是放出了信号一样，其他顾客也纷纷起身告退。十点半的时候，吧台上很快已经空无一人。

　　惠到外面想去收拾门帘时，真行寺往这边走来。

　　"哎呀，是忘拿什么东西了吗？"

　　"有点事想跟你聊一聊。等你把店里收拾完再聊也行。"

　　说着，他再次在吧台上坐了下来。

　　收拾好门帘和立式招牌，把"营业中"的挂牌翻过来变成"准备中"之后，惠返回了店内。

　　"要不要喝啤酒？"

"不用管我，现在已经是非营业时间了。"

"那我就自己喝了。"

惠取出两个玻璃杯，打开一瓶啤酒，倒上了两杯酒。真行寺也不跟惠碰杯，端起玻璃杯就放到了嘴边。

"你想跟我说什么？"

"黄金周你有什么安排吗？"

"怎么了？"

"店里休息吗？"

"我准备按照日历上的安排。就算开店也不会有顾客，公司和学校都休息了。"

"……说的是啊。"

真行寺点了点头，一副深表赞同的样子。

惠特意没有问他"为什么问这个问题"，只是默默地等他说出后面的话。

"我从五月初开始，计划要去国外出差一个星期。这段时间里，大辉能拜托你照顾吗？"

真行寺有点难以开口的样子，皱着眉头说道：

"黄金周那段时间，有的孩子会离开福利院，回家住一阵。当然，也有一大半的孩子无家可归……不过，难得有那么长一个假期，哪儿都去不了的话，大辉恐怕会感觉很无聊吧。"

"真行寺先生也真不容易啊，要操好多心。"

惠这么一说，不知是不是为了掩饰自己的羞涩，真行寺再次眉头紧皱。

"我没问题啦！那做些什么呢？我带他去哪里玩玩吗？迪士尼乐园，迪士尼海洋乐园，国立科学博物馆，东京塔，天空树……哪里好呢？"

"我怎么知道！"

"不要那么说，好好想想呀！你小的时候，想去哪里玩？"

"我小时候还没有迪士尼和天空树。"

"东映漫画节呢？"

"不知道。"

"东宝冠军节[1]呢？放过怪兽电影的。"

---

1 东映和东宝都是日本知名电影公司。东映漫画节是东映举办的儿童电影展，东宝冠军节则是东宝公司1969—1978年举办的儿童电影节活动。

"也许有过吧，但是我不清楚。"

他回答得十分冷淡，让惠终于意识到，幼年时期的真行寺生活在一个破碎的家庭，备受虐待。也许压根儿就没有过儿时和父母一起度过的快乐回忆。

"我会好好想想男孩子有可能会喜欢哪里。迪士尼倒是不错，不过肯定会很拥挤吧。动物园、水族馆、游乐场……目黑那里的寄生虫馆又太过真实了，不敢去。"

惠故意用开朗的语气说道。

"或许可以邀请福利院里跟他关系好的几个小朋友一起去玩。比起单独跟我这个外人阿姨相处，跟自己的朋友们玩，大辉小朋友会更开心吧。"

真行寺的表情这才平顺下来，不再皱着眉头。

"对，那样比较好。"

然后，他把脸转向惠，说道：

"对不住，拜托了。我不擅长跟小孩子打交道。光大辉一个人就对付不了，一想到有三四个孩子围着，脑袋都大了。"

"您这意见很诚实啊。"

惠年轻的时候也不喜欢孩子。但是，随着年龄增长，那种不擅长与孩子相处的意识逐渐淡化了。对于大辉，不知道是不是因为打过交道的关系，甚至还有一种亲近感。当然，一切都是从大辉的姨妈来找碴儿，说他是"真行寺私生子"的那场骚动开始的……

"这是经费。不够再问我要。"

真行寺从上衣兜里掏出钱夹，从里面抓了五六张一万日元的纸币放到吧台上。

惠两手叉腰，夸张地叹了口气说：

"真是的，不要再这样了嘛！我一向都受你关照，已经够欠你的了。"

不管是十二年前放弃做占卜师的时候，还是前年大楼起火，店里被烧掉的时候，如果没有真行寺的帮助，惠是不可能重新振作起来的。

既非家人也非爱人，真行寺之所以那么贴心地帮助惠，原因没有别的，就是因为惠的占卜师傅尾局与曾经是真行寺的救命恩人。对于亡师的恩情和真行寺的厚意，惠觉得自己穷尽一生也难以回报。

"没有比免费更贵的东西了。更何况，我才不要为这种事欠你的情。"

真行寺用鼻子哼笑了一声，头也不回地朝店外走去。

接下来那一周的周一是二十七号。黄金周马上就要拉开帷幕了。

光顾美咕咪食堂的客人们的话题，也自然而然地扯到了连休上。

"老板娘有什么计划啊？"

几乎所有客人都会顺便问惠一句。

"在家里悠闲度过吧。不过，亲戚一家要来东京，我打算就带着孩子们出去玩玩，两口子大人好好逛逛东京，过个二人世界。说起来，您知道孩子都喜欢什么地方吗？"

惠也借机努力收集情报。

"您亲戚的孩子多大了？"

"六岁。明年上小学。"

"那么，原宿和涩谷那样的地方不太合适呢。"

"男孩？女孩？"

"是个男孩……"

惠并不知道大辉在爱正园里跟哪个孩子关系好，必须请教一下大友麻衣才行。

"东京巨蛋城那边有两处以孩子为对象的玩乐场所。既有大人也可以玩的普通游乐场，也有面向幼儿的叫作ASOBono的地方。我家孩子上幼儿园的时候，我经常带他去。孩子总是玩得不亦乐乎。"

"啊呀，是吗？我都不知道呢。"

"一般孩子都会喜欢的地方，动物园怎么样？多摩或者上野那边。"

一旁的男伴插嘴道。

"老板娘，你知道东京儿童职业体验城KidZania吗？在丰洲那里。可以让孩子体验各种各样的职业，司机、消防员、模特、大厨，等等。我表妹曾经带孩子去过，说是特别好呢。"

两位结伴而来的女顾客也提议道。

"读卖乐园怎么样？好像在外国游客中间也很有人气哦。毕竟游乐场是儿童的天地。"

"台场的 Aneby Trimpark 也不错啊。因为在室内，不用担心风吹雨淋。附近购物商场里的美食广场也很好。"

"要是走远一点去千叶和埼玉的话，还能摘草莓呢。我觉得也可以坐巴士短程旅行一下。"

惠双手合掌，向吧台的客人们行礼道：

"谢谢大家提供的宝贵意见。后面我会认真考虑，好好选一选的。"

八点一过，刚开门营业就进店的两位上班族顾客要走了。接着，就像轮班一样，入口的门开了，新进来一位顾客。

"呀，欢迎光临！"

惠的声音忍不住有点儿激动。来人是大友麻衣，前几天刚刚来过，没想到会这么快再来。虽然她说过会再来的，但是一般情况下，说什么改天再来，通常不会真的来。

"来吧，请坐。"

惠给她安排了空出来的吧台座位，递上了湿毛巾。

"请给我生啤，小杯。"

麻衣一边看着大盘料理，一边说道。

惠挑起话头，问了问麻衣四月份搬来四谷的情况。

"最近怎么样？都收拾得差不多了吗？"

"嗯，一个人过日子简单。不需要的东西在搬家的时候就已经处理掉了。"

"您之前住在哪儿？"

"葛饰区的柴又。"

"啊呀，寅次郎先生那里吗？那可是个有名的地方呢。"

"托电影的福吧。"[1]

麻衣的眼神飘远了。

"五年前，我老公去世了。虽然感觉房子一个人住

太大了，但好在还有一只猫陪伴。去年年底，那孩子也走了，最终只剩下我一个人……所以我便下了决心。"

"住了那么多年的老宅子，很舍不得离开吧。"

"嗯，是啊，不过也确实很老旧了。"

麻衣暂时停止交谈，眼睛看着关东煮大锅。

"来份牛筋、葱段金枪鱼、鱼丸，再要个炸鱼肉饼吧。"

然后，她抬头看着架子上摆放的日本酒瓶子。

"今天推荐什么酒啊？"

"王禄和奥播磨[1]。两种都是醇厚美味的好酒。王禄凉爽、纯正，奥播磨口感饱满。"

"那我就喝王禄吧。"

点完单后，麻衣又将话题拉回到了住房上。

"再说了，考虑到今后的日子，比起独门独户，还是住公寓比较安心。倒垃圾、传阅板报、跟居委会打交道……我也渐渐开始对这些事情感到麻烦了。现在就

1　王禄和奥播磨都是日本拥有悠久历史的著名清酒品牌。王禄出产于岛根县，奥播磨出产于兵库县。

打忧这些的话，那么十年、二十年以后怎么办呢？想一想就……"

"非常理解。"

年轻时完全不以为意的事，随着年龄的增长，逐渐会觉得有负担。如果让惠突然搬到独门独户的房子里，不得不因为要和居委会打交道或者倒垃圾的事情而成天被唠叨，说不定会压力过大，身体都被搞垮吧。

"不过，柴又和四谷可是离得挺远啊。"

"其实挺偶然的。三丁目那边有一家猫咖。我去完那边回家的路上，碰巧看到了房产中介打的广告，便找到了现在这个公寓。在那之前我一直在找房子，找了好几个月都没有找到合适的，最终却那么快决定下来了。这也是种缘分吧？"

"是的。"

惠十分确定地点头道：

"房子和婚事，都是要定就会很快定下来的哦。"

突然举出结婚的例子，令麻衣有些诧异。

"店里的顾客有几位结婚了。从相遇到结婚，大家都很快呢。根据婚姻介绍所的统计，据说男女从认识到决定结婚，大都是在半年以内。"

"想来，住房和婚姻都是要长期相处的呢。"

麻衣表示认同之后，神情落寞地垂下了眼帘。

"话说回来，所谓的丧失宠物症候群，原来是真的。我老公去世的时候，我还没有那么低落，很快便振作起来了。谁知道，米可走了之后，每天空虚得很……在福利院里的时候，有同事和孩子们相伴倒还好，可是下班一回到家里，怎么说呢，黑漆漆的房间，孤零零的一个人。"

惠感同身受。她虽然没有养过宠物，不过下班之后，回到空无一人的房间，便深感寂寞。想象了一下麻衣去猫咖排解自己失去爱猫的寂寞的样子，惠忍不住同情起来。

"大友姐，再养一只猫怎么样？我觉得失去小米可的悲痛，只能通过其他猫咪来治愈。"

惠认识的朋友当中，有一位女士在自己相伴十九年的宠物猫死了之后，通过参加志愿者活动领养了一只猫咪。

"她绝没有忘记之前的猫，她对它的爱是永恒的。她说，她并不是把别的猫当成原来那只猫的替代品，而是当成新的生活伴侣来接纳。我很明白她的心情，觉得那种积极向上的态度很棒。"

麻衣悲伤地摇了摇头。

"我也考虑过，但是不行啊。领养有年龄限制。"

"年龄？大友姐还挺年轻的啊。"

"六十二岁了呢。"

麻衣有些郁郁寡欢，叹了口气。

"非营利组织拒绝六十岁以上的人领养。说是如果领养人自己无法照顾领养的猫狗的话，要是有监护人等代为照顾，就可以接受。可是我家没有孩子，我倒是有个哥哥。但是，我嫂子不喜欢猫，所以完全没有招了。"

麻衣这么说着，像外国人一样将两手举到与肩同高。

"不过，这也太过分了吧。现在明明都说是百年人生的长寿时代了。从日本人的平均寿命来考虑的话，六十岁的人再活个二十来年，应该是没问题的嘛。"

"唉，人确实会随着年龄的增长衰老下去，这是事实，我也没法说些强硬的话。不过，真的是深受打击啊。"

麻衣拿起玻璃瓶，往玻璃杯里倒了酒。瓶子里的酒只剩下一点儿，所以倒了不满半杯。她看着杯子的眼神有些犹豫不决。看来还想再喝一点，可是再要上一杯酒又喝不了……

因为店里已经没有其他客人了，惠马上提议道：

"小店免费赠送一杯酒，咱俩一起干杯吧。"

"哎呀，太开心了，谢谢。"

"要喝什么酒呢？"

"嗯，这么难得，这次就请给我奥播磨吧。"

麻衣又追加了牛筋和葱段金枪鱼的关东煮。

"干杯!"

惠跟她碰了碰杯，喝了起来。

"不过啊，如果是稍微上了点年纪的猫，好像有可能会转让给我。"

"也就是说，是认为饲养者会比猫更长寿吗？"

"没错没错。"

麻衣微微斜举起玻璃杯，喝了口奥播磨酒。

"米可是野猫生的仔。它刚刚睁眼的时候就被相关组织保护起来了，然后来到我家。真的是从奶猫时期一直养到大的。不过，现在没法提那么奢侈的要求了，如果有新的猫咪到来的话，会成为我人生中最后一只猫了吧。我想以这样的心态好好照顾它。"

"真希望你能碰上一只乖猫咪啊。"

"谢谢。"

两人再次碰了碰酒杯。

"对了，有件事想请教一下。"

惠想起了大辉。

"我受真行寺委托，打算在黄金周带着跟大辉关系好的两三个孩子出去玩玩。但是，我不知道孩子们喜欢去哪里玩，虽然店里的顾客们给出了不少主意……"

惠将顾客提议的候补场所一一列举出来，麻衣听得眉头皱起。

"黄金周无论去哪里都很拥挤啊。这段时间要去东京儿童职业体验城 KidZania，需要提前四个月预约才行。去玩职业体验是不可能了。"

"要四个月之前吗？"

惠对自己的稀里糊涂后悔莫及。

"请问……有没有一个地方，我们现在也来得及去的啊？"

"我想想……看起来比较有可能的，大概就是摘草莓吧。"

"摘草莓吗？"

"东京附近的县市有很多草莓园。我觉得不至于所有的地方都人满为患。虽然当日往返的巴士旅行团可能已经被预约满了，但是如果乘坐电车和公交车，去那种没有团体游客的农园，应该就可以悠闲地享受采摘草莓的乐趣了。"

"原来如此。"

"我以前也跟朋友去过几次摘水果的旅行。还是摘草莓和樱桃最好呢。摘苹果或者梨的话，肚子很快就饱了。葡萄又太小，吃起来很费劲。"

麻衣不知是不是想起了当时的情景，露出了明朗的笑容。

惠一面在心里祈祷麻衣能够再次养猫咪，一面琢磨着要赶紧查一查还不错的草莓园和交通方式。脑中瞬息万变地忙碌着。

四月二十八日，一看到开门迎来的第一位客人，惠简直是恰如字面意思那样"跳了起来"。

"由利小姐！"

"好久不见！"

来人是左近由利，一位非常能干的职场女性。她跟印度人系统工程师纳莱因·拉曼结了婚。当时她是一家大型服装公司的采购员，据说在公司里数一数二的能干。那时年龄已经四十一岁，但是婚后很快怀孕了，足月安产，生了一个女孩。听说她一直工作到怀孕八个月才开始休产后一年时间的产假和育儿假。

"真想你啊。回去上班了吗？"

"这个月开始上了呢。结果一上来就是黄金周，状态有点儿乱了。"

由利依然身材极好，高挑苗条。干净利落的短发，搭配单调的西装，跟以前一模一样。只是表情明显变得温柔了许多，整个人给人的感觉也变柔和了。大概幸福的婚姻生活会给身心带来好的影响吧。

"孩子和你老公都好吗？"

"父女都很健康。"

由利在吧台靠右的座位坐了下来。

"今天孩子由谁照看呢？"

"她爸看着呢。偶尔让我出来松口气。"

拉曼果然对由利很珍惜。

千千石茅子曾经对犹豫要不要跟刚刚丧妻两年的拉曼结婚的由利断言："拉曼有之前幸福婚姻的回忆，所以一定也会努力让你幸福的。"算是从背后推了她一把。

茅子是一位五十岁过半的销售员，曾经一直在为独生女的婚事而烦恼不已。正因为人生中受了不少苦，所以她温柔善良，看问题也比较深刻。然而出乎意料的是，在女儿要跟一个带着两个孩子的中年男人步入婚姻的时候，她却猛烈反对。一时间，母女二人还断绝了往来，幸亏后来和好了。

茅子本人也在惠的推动下，跟一位年龄差距大到相当于是她孩子的青年结婚了。而且，两人现在还在大阪幸福地生活着。

短短一瞬的时间，过去的一切如走马灯一般在眼前掠过。时间的飞逝令惠有些仓皇失措。

"重新回到工作岗位，也就是说给孩子找到托儿所了吧？"

"比较幸运，好歹找到了一家。我们本来是做好了思想准备的。如果国家认可主办的托儿所不行的话，上其他托儿所也可以。"

"祝贺祝贺。那你现在已经可以喝酒了吗？"

"嗯，解禁啦。反正又不是母乳喂养。嗯……先来小杯生啤吧。"

点完生啤，由利有点儿好奇地环顾了一下店内。

"我听茅子姐姐说过。店里果然变样了呢。以前那个店是昭和复古版。"

"又旧又破是吧？现在环境变得又新又干净，有点儿因祸得福的感觉。"

"而且，以前吧台上没有大盘料理呢。这些可以单点吗？"

"是的。小菜也请从这里面点。小菜的量是三百日元一份，单点是五百日元。"

"好难选啊，眼花缭乱。全都很好吃的样子。"

今天的大盘料理有韭菜炒蛋、青豌豆炒虾仁、浅渍[1]牛蒡、凉拌明日叶和重渍熏鲑鱼卷心菜。

由利凝视着大盘料理，认真地烦恼着。

"首先给你推荐重渍熏鲑鱼卷心菜吧。不大多见，对吧？然后是这个青豌豆，不是那种罐头或者冷冻的，而是新鲜的时令豌豆，也很推荐。明日叶既美容又健康……"

"您这不是全都推荐了一遍嘛。"

1　在日本，卷心菜是制作腌菜的绝佳食材，通常有浅渍、糠渍等方式。浅渍是在短时间内用少许盐腌制，糠渍是用米糠来制作。部分地区的人们还会使用较大的卷心菜品种，与鲑鱼等叠放在一起进行重渍。

由利扑哧一声笑了。她要了凉拌明日叶做小菜，单点了炒菜和重渍熏鲑鱼卷心菜。

"现在问虽然有点儿晚了，但我还是想问问你，婚后生活怎么样？饮食什么的还习惯吗？"

不管怎么说，由利的丈夫毕竟是个印度人，信印度教。

"没问题。他也喜欢吃日式饭菜。除了不吃牛肉，其他都吃。挺省心的。"

由利将青豌豆炒虾仁送到嘴里，轻轻点了点头。

"当季的青豌豆果然好吃啊。平时我只用罐头装的和冷冻的，能吃到新鲜正宗的，太感激了。"

"你一直有在好好做饭啊，佩服。"

单身时期的由利每天忙于工作，顾不上做饭。她一周来美咕咪食堂三次，以关东煮和时令料理填饱肚子。这可以理解，惠也很同情。不管男女，为自己一个人做饭，既无干劲，又嫌麻烦。

"需求是料理之母。他也经常帮着我做。"

由利有些不好意思地笑了，又补上了"而且"。

"而且，我们还经常去萨提亚的店里。对他来说，那里的菜是'母亲的味道'，对摩利来说，就是'祖母的味道'。"

摩利是她女儿的名字。萨提亚指的是萨提亚·卡普尔，拉曼的表弟。他以前是印度一流大饭店的大厨，来日本后在船堀开了一家印度料理店，生意十分红火。

"冒昧问一下，小宝贝能吃咖喱吗？"

由利扑哧笑出了声。

"吃不了，吃不了。不过，我想先让她习惯一下咖喱香料的味道和气氛什么的，因为在她上小学之前，我想带她去看看爸爸的国家。"

由利曾经远渡至拉曼的故乡印度举办了婚礼，而年幼的小摩利对爸爸的国家还一无所知。

"印度那么远，回趟老家也是一件大事吧。像我这样的，黄金周要带亲戚家的孩子出去玩，脑袋都已经快炸裂了。"

"突然这是怎么回事呢？"

"有点儿特殊情况。我要照顾三四个六岁小朋友一天。但是这个时期，受孩子们欢迎的娱乐场地到处都是人，现在才开始找太难了。也就是去摘草莓好像还勉勉强强行得通。"

惠把从麻衣那里听来的原封不动地搬了出来，由利一副若有所思的神情。

"摘草莓的话，我倒是知道一个好地方。"

"哎？"

"是之前公司活动去过的一个地方。不只是摘草莓，小卖店还卖草莓酱和刨冰。同一个场地里还可以烤肉，还养着山羊，这样能跟孩子们一起玩。里面还有踩高跷之类的项目。我觉得非常适合游玩。停车场很完善，也可以在 JR 君津站坐公交车去。走路的话，我记得也就不到二十来分钟的距离吧。"

"哟，真的吗？"

这出乎意料的有力情报，让惠不由得探身问道。

"稍等一下哦。"

由利从外套口袋里掏出手机查了一下，很快找到了地方。

"我说的就是这里。仁木草莓农场。"

由利边说边将手机屏幕转向惠。上面介绍了草莓园的情况，附有地图。

"拿出手机来，我发给你。"

惠拿起放在吧台一角的手机，由利将那个网页链接以短信形式发给了她。

惠快速扫了一遍文字介绍。感觉确实设施完备，很适合领着孩子玩上半天。

"谢谢啦，帮大忙了。"

"我也没想到呢，这种事还能帮上你的忙。"

由利喜形于色地说道。

这时，玻璃门开了，走进来一位顾客。

"欢迎光临。"

是那位自称新见的男客人。截至今天，他已经连续三周都来了。

"来个生啤，小杯。"

新见在吧台靠左边的座位上坐了下来，从边上开始挨个端详大盘料理。

"请问，这个青豌豆是用新鲜的做的吗？"

又有人将目光停留在了青豌豆上，惠心中暗喜。

"是的，今天新买的。"

"那么我就单点那个炒菜吧，小菜要牛蒡。"

惠忙着接待新见的时候，由利的目光游走在今天的推荐菜上。

鲣鱼蘸汁片[1]，煮芦笋，醋拌海蕴，味噌煮新土豆和牛筋。

由利一直盯着菜单看，有些不可思议地歪着脑袋问道：

"老板娘，这是初夏鲣鱼吧？不做鲣鱼酱吗？"

"初夏鲣鱼的肉质还不够肥，我觉得比起做成鲣鱼酱，不如搭配橄榄油更好吃。"

"哦……是这样啊。"

由利再次凝视着推荐菜单。

1　蘸汁片（Carpaccio）是欧洲流行的一种料理，做法是把新鲜鱼肉或牛肉切成薄片，混合配菜作料，再滴上橄榄油和柠檬汁。演变至今，食材已不局限于鱼肉和牛肉。

"蘸汁片和味噌煮牛筋，哪个更好吃呢？"

"嗯……这个嘛，我只能说两个都好吃啦。"

"那可就不好办了。我还想吃关东煮呢，帮我定一个嘛！"

"这样啊……"

考虑了一下，惠忽然灵光一闪，拍了拍胸脯。

"有了。那就各给你上半份吧。"

"真的吗？太好啦！"

"当作你给我提供草莓情报的回礼。"

这时，新见有些不好意思地问道：

"老板娘，可以的话，也给我蘸汁片和味噌煮牛筋各半份好吗？看着都很好吃的样子。"

"谢谢。当然没问题啦。"

这样一来，蘸汁片和煮菜都卖出去了一份，对店里来说也是好事。

"由利小姐，日本酒给你推荐酿人九平次[1]哦。用油

1　日本第一个登入米其林的清酒品牌。

做的菜适合喝醇厚的好酒，跟蘸汁片和味噌煮牛筋都是绝配。"

"好的，就要它了，先来一杯吧。"

由利竖起右手食指，一口气喝光了玻璃杯里剩余的啤酒。

新见刚把浅渍牛蒡放到嘴里的时候，入口的门又开了，有两位女客人走了进来。其中一位是大友麻衣。

"欢迎光临。谢谢您一直惠顾小店。"

跟大友一起来的那位女士大概七十多岁的年纪。皮肤挺白，一头漂亮的银发，色调柔和的女士束腰长上衣，配一条雪白的长裤。给人感觉非常优雅。

"这位是浦边佐那子女士，我在猫咖认识的。"

一介绍完，佐那子就朝惠微笑着点了点头。那微笑简直是热情洋溢。虽然现在看上去也很美，但是估计年轻时更是美得不可方物吧。

"麻衣女士说附近有一家可以轻松吃到美味料理的好店，邀请我来尝一尝。果然名不虚传，看起来都很好吃的样子啊。"

"怪不好意思的。这儿只是家简陋的关东煮小店。照顾不周的地方，还请您海涵。"

"哎呀，太谦虚啦。"

佐那子用手按着嘴角，微微一笑。动作自然流畅，毫无造作之处。

"两位喝点什么呢？"

"我要小杯生啤。佐那子姐要什么？"

"让我想想……那么，我也喝生啤吧。可以给我用最小的玻璃杯来一杯吗？"

"好的。"

惠给她们上完酒，开始做蘸汁片的时候，两人瞅着大盘料理，正在商量选什么菜。

鲣鱼蘸汁片的做法是，先将削下来的鲣鱼片摆放到盘子里，撒上洋葱薄片和罗勒叶，然后把橄榄油、捣好的蒜泥和盐混合而成的调味汁淋上一圈。其中，事先在鲣鱼片上撒盐和胡椒粉，用厨房用纸吸干水分是关键。光这一步，就能去掉鲣鱼的腥气。

"……好吃！连鲣鱼的概念都要被颠覆了呢。"

由利吃了一口鲣鱼片，由衷地赞叹道。然后，她将手伸向了装着酿人九平次的玻璃杯。

"老板娘，给我也来一杯日本酒。谢谢。"

看着眼前摆放的鲣鱼蘸汁片，新见也两眼放光。

麻衣和佐那子也快速扫了一眼邻居的蘸汁片，心里仿佛在说："这个挺好吃的样子。"她们心有灵犀地点了点头，碰了碰杯。两人分别要了牛蒡、重渍熏鲑鱼卷心菜做小菜。

不久，蘸汁片和酿人九平次都吃喝得差不多的时候，佐那子从挎包里拿出一个小册子。

"我说，难得有个休息日，一起去吧。"

"可是我这把年纪，参加什么婚活[1]呀。"

一听到婚活这个词，惠的耳朵立马竖了起来。

"话虽这么说，但人是马上就会感到寂寞的啊。等

---

[1] "婚活"是指以结婚为目的而进行的活动，最早由日本社会学家山田昌弘提出。这些活动对内包括参加化妆、健身或沟通等课程，对外包括积极相亲、约会交友等。如今"婚活"的形式越来越丰富，表明了现代男女一种积极的生活态度——像找工作一样自我推荐，主动创造收获稳定伴侣关系的良机。

到了我这个年龄，你就会明白。"

佐那子轻轻耸了耸肩。

"今后我们的年龄只会越来越大。可谁也不知道能活到哪一天。说不定可以再活上三十年左右。那么多年，每天都是一个人。这么一想，我就有些怀念老伴在的日子了。"

惠偷偷瞅了一眼麻衣。根据她前几天的坦诚相告，她丈夫死了以后，去年年底，自己疼爱的猫咪也死了，现在她经常去猫咖来排解独守空房的寂寞。虽然很想再养一只猫，可因为领养条件中的年龄限制，难以如愿……

"我觉得不用非得一下子就考虑结婚。抱着找一个茶友的想法参加也不错呢。如果能遇上志趣相投的人，也会聊得很开心，对吧?"

佐那子的话就像是在倾诉自己的内心一般，诚实到让人惊讶。正因为她深有感触，所以才能体会麻衣的孤独心理，发自纯粹的热心来提出建议吧?

"而且，这家猫咖很大，里面有各种各样的猫咪哦。就当成去见见小猫咪嘛。那么长的假期，一直一个人孤零零地待在家里，会很郁闷的。"

是的，惠在心里为佐那子助威。她以前听人说过，陪酒女除夕夜的自杀率很高。恐怕就是因为独自度过年假那么长的休息时间，心里被孤独感侵蚀了吧。

"请问……"

惠有些客气地插嘴道：

"不好意思，那个小册子是猫咖的简介吗？"

佐那子当即转过头来，看着惠的眼睛说：

"不，不是的，其实这是婚姻介绍所的简介。婚活现在也有很多种。这个是将喜欢猫的人聚集到一块儿相亲的活动。所以会场设置在一个比较大的猫咖里。"

"那可真不错。就算是只跟猫咪玩一玩，也很开心。"

"是吧？"

佐那子一副深得我意的神情，愈发热情地说道：

"其实我也是去年送走了我的爱猫。虽然很寂寞，但是我这个年龄又领养不了新的猫咪，所以只能断了念想，开始往猫咖里跑。我就是在那里遇到麻衣女士的。"

佐那子把脸转向猫咖所在的三丁目方向，小声地笑了。

"前年，我第二任丈夫去世了。所以从今年开始，我开启了参加婚活的新篇章。"

"您好棒！特别积极向上。"

"谢谢。还有很多人说我'一把年纪了，不知羞耻'呢。"

"简直荒谬至极！"

惠极力断言道。

"我完全赞成浦边女士所说的。不管多大年纪，身旁如果有一位志同道合的伴侣在，毫无疑问会很幸福。我觉得比起忍受孤独感一个人过日子，主动寻求好的人生伴侣，绝对会让人生更加充实。"

"啊呀，老板娘说得太好了。"

佐那子像是寻求麻衣的认同一样，转向了她。

这时，新见不知想到了什么，从上衣口袋里掏出名片，从座位上起身。

"请原谅我的冒昧。我叫新见，今年开始在净治大学文学部担任客座教授。"

新见点头致礼，向佐那子递出了自己的名片。佐那子接过名片，拿远了一点，定睛一看说：

"文学部英语专业……新见圭介先生？"

"是的，我绝不是什么可疑人物。"

佐那子跟麻衣对视了一眼，深深地点了点头。

惠也恍然大悟。原来他是新年度来附近大学上任的老师，所以才会从四月份开始来这边吃饭。

"有点儿难以启齿，您能把那家婚姻介绍所也给我介绍一下吗？"

"哎呀，是您找对象吗？"

佐那子面露喜色地这么一问，新见使劲摇了摇头。

"不是我，是我女儿。"

新见有些忧伤地摇头道：

"我女儿是个律师，马上就三十八岁了，可是还完全没有要结婚的想法。我想趁着自己有生之年，帮她找一个靠谱的伴侣。谁知道，她本人完全不想结婚。"

佐那子和麻衣都面露难色，皱起了眉头。

"这个……本人没有结婚意愿的话，恐怕很难吧。"

"既然她从事的是律师这么高大上的职业，也不用非得勉强结婚……"

新见的表情愈发悲伤起来。

"没那么舒服自在的。我女儿虽然是个律师，但是，别说从工作中感觉到价值，现在都已经感到停滞不前了。"

据说他女儿拼命学习，通过了司法考试而当上了律师。这个过程还是不错的。可是工作以后，在事务所里被委任的并非是她向往的那种"用法律来帮助别人"的工作。岂止如此，接的净是些榨取手续费，把离婚调解搞得复杂化，故意拖延交通事故的调解过程之类的昧良心的工作。

"最近她经常在家里叹气说，'不该是这样的'。如果我老婆活着的话，还能好好安慰安慰她。可是我老婆三年前去世了。如果我也走了，女儿就成孤家寡人了。"

不知是不是从佐那子的坦白中获得了勇气，新见的坦言也毫无掩饰。

"等到那个时候，再着急地寻找伴侣，也许就晚了。至少在两三年内，她能要上孩子的可能性很大程度上接近于零。在变成那样的结果之前，我希望想办法让女儿幸福地结婚。"

新见的话里透露出一种迫在眉睫的悲壮感。佐那子和麻衣脸上都浮现出了困惑的神情。

"嗯……不好意思，打扰一下。"

由利像在班会中举手发言的学生一样举起了右手。

"我对这位老师所说的感同身受。我也是在四十岁之前一根筋只想着工作。去年幸亏有这位老板娘的帮助才结了婚。现在孩子也有了，回归了工作，过得很幸福。"

由利说的话饱含真挚的情感，没有人用责怪的眼神看她。

"我经常想，如果自己只考虑工作，一条路走到黑，等到了年龄退休之后，人生会怎样呢？或许还会遇到新的工作或兴趣，获得相应的幸福感吧。但是毫无疑问，感到寂寞的时间也会更多。所以我真心觉得，幸亏自己结婚了。"

由利缓缓地环顾了一圈在座的人，双手伸向惠。

"如果是参加婚活的话，我觉得借助老板娘的力量是最好的办法。至今在老板娘的帮助下，已经诞生了好几对夫妇。"

新见、佐那子和麻衣都非常惊讶地仰望着惠。

"她现在虽然是关东煮店的老板娘，但是过去可是人气爆棚的占卜师'月光小姐'呢。"

"天哪！"

佐那子和麻衣同时喊了起来。

"我可喜欢读女性周刊杂志里那个专栏了！嗯……对啦，叫'本周的白魔法'。"

"我买过那本《幸福的白魔法》！"

佐那子和麻衣一齐向吧台俯过身去。

"月光小姐，请务必帮一帮新见老师的女儿啊。"

"我也拜托您了。听那位太太说完，感觉这就像是自己家的事一样。"

新见向惠深深地行了个礼。

"拜托了。结婚虽然没有什么时间期限，但是生孩子是有的。我不想我女儿孤独终老。"

由利朝惠使了个眼色，莞尔一笑。

这种情况下，"我做不到"这样的话是说不出口的。原本惠就不只是对新见的女儿，对于佐那子、麻衣和新见本人，她也同样希望他们能抓住新的幸福。

"明白了，一定尽力而为。"

惠跟过去当"月光小姐"时一样，双手于胸前交叉成 X 形，做出了她的招牌动作。

"愿各位的未来一路光明！"

草莓的名字叫『恋爱果实』

千叶县因为去年九月的十五号台风，遭受了前所未有的巨大损失。飓风掀掉了住宅的屋顶，电线杆都被刮倒了。县内发生了大范围的停电事故。

第二个月的十二号，大部分损失情况尚未完全修复，又受到了十九号台风的袭击。整个地区的受灾状况惨不忍睹。

位于该县南部的君津市与相邻的馆山市和富津市一样，都是损失惨重，还没有完全恢复。本来这里气候温暖，市内有很多草莓园。可是如今，塑料大棚被连根拔起的农户不在少数。

所以，给仁木草莓农场打电话预约的时候，惠也是死马当作活马医，不抱希望地问一下。如果不行的话，她打算再试试埼玉县的草莓园。

"五月四号吗？好的，没问题。您几位？"

但是，接电话的女人以明快的声音应承了下来。

"一个大人，四个孩子。"

"几位大约几点过来呢？我们是十一点到四点开放。草莓可以畅吃三十分钟。"

"请问，我听以前去过您那边的人说，提前预约的话，还可以帮忙准备烧烤，是吗？"

"是的，可以的。烧烤套餐里面，肉有牛肉、猪肉和香肠，蔬菜有三种，最后会有炒面。除了这些以外，您那边有什么喜欢吃的，我们也可以准备。"

"不，不用了，就要这些吧。"

这个女人是农场的经营者吗？说话虽然稍带一点儿口音，但是语气干脆利索。

"我们十二点左右到，先采摘草莓，之后再麻烦你们准备烧烤。"

"好的，非常感谢。"

女人问了惠的全名和电话号码，最后说了声"期待您的光临"，结束了通话。

"约好咯……"

一放下手机，惠不由得嘟囔了一声。

这样就能完成跟真行寺的约定了——黄金周带着大辉出去玩。接下去，就该帮忙解决店里三位年长的新客人的婚活问题了吧。

五月四日这天正应时节，天晴气爽，风和日丽，正是采摘草莓的好天气。

爱正园位于足立区，JR 东武天空树线、东京地铁千代田线的驶入口——北千住站和京成电铁千住大桥站大约中间的地方。面积约有五十坪[1]，院子里各种娱乐设施齐备，还有三层木制建筑的房屋，看上去像幼儿园或托儿所。现在的名称为儿童福利院，以前叫"孤儿院"。

从北千住站到君津站，考虑到带着孩子出行需要多预留一点儿时间，估计会花费两个小时。九点多，惠迈进了爱正园的大门。

一走进与正门连通的食堂，就看到大辉和另外三个孩子已经做好了准备，等待出发。一个男孩和两个女

1　坪，日本度量衡的面积单位，1 坪≈3.3 平方米。

孩，年龄都是五六岁的样子。他们全都背着旅行包，头戴遮阳帽，满满的郊游氛围。当然，惠自己也背着旅行包，一副出行打扮。

"你好!"

惠跟女职员打了个招呼，朝孩子们微笑道：

"小朋友们，都准备好了吧？厕所上过了吗？"

孩子们精神十足地大声喊道："是的!"

"阿姨，这是小凛、小澪和小新。"

大辉的声音里掩饰不住的兴奋，开心地给惠介绍他的朋友们。

"小凛、小澪和小新，三个孩子和大辉同岁，都是六岁。"

女职员重新介绍了一下孩子们。

"你们好! 我是惠，叫我阿姨或者惠姨都行，你们喜欢怎么叫就怎么叫。今天就拜托啦。"

孩子们也齐声喊道："拜托您啦!"一想到大家都那么期待去摘草莓，惠就感觉浑身绷紧，觉得不能让孩子们失望。

在职员的目送下，惠率领小朋友们朝着北千住站出发了。

在和大辉有了接触之后，惠才了解到儿童福利院分为大宿舍制、中宿舍制和小宿舍制三种形式。大宿舍是一个宿舍里有二十多个孩子，中宿舍是有十三到十九个，小宿舍制是十二人以下一起生活。最容易产生家庭氛围的是小宿舍制。但是，这种制度在员工配备等方面有很多细致的要求，经营起来十分困难。所以，小宿舍制的福利院数量并不多。

爱正园是实行小宿舍制的。据说学龄前儿童包括大辉在内是四人，也就是今天去采摘草莓的全部人马。其他还有小学生和中学生各三人，高中生两人。

"跟我成长的家庭相比，那里简直就是天堂。"

爱正园出身的真行寺以前曾经这样描述过。

惠也相信爱正园的员工都很善良，孩子们之间不会存在欺凌现象。整个福利院洋溢的气氛十分明快、温暖。每次见到大辉，都能感觉他比以前更加有精神了。

"小朋友们，不要掉队迷路哦。"

惠让两个女孩、两个男孩并排走在自己前面，留心着他们的安全。

一行人从北千住站坐上东武天空树线的普通快车，向锦糸町站赶去。从那里再坐 JR 总武线出发到内房线的快速列车，用时一小时三十二分到达君津站。

只算坐车的时间，是一小时四十三分钟。因为从真行寺那里领到了足够的资金，他们完全可以租个大点儿的出租车。但是，惠特意选择了步行、坐电车和公交车的方式。孩子们坐车时间长了，容易晕车。不可思议的是，坐电车一点儿也不晕。而且，孩子们很喜欢电车。在电车的颠簸中去草莓园摘草莓，学龄前的大辉他们肯定感到兴奋不已吧。

正如惠期待的那样，这次电车之旅，孩子们异常欢闹。特别是坐上总武线之后，全员都向窗而坐，指着飞逝的风景兴奋地大说特说。车外飞逝的景色大都是住宅，跟从东武天空树线上看到的风景大差不差，但是，跟朋友一起长时间乘坐电车、去到远方的这种初体验，让孩子们的心情很是雀跃。

惠为了不给其他乘客添麻烦，给四个孩子脱下鞋子，将他们的背包放到了架子上。

君津站位于桥上火车站，附近有两栋高层建筑。这里是快速电车的停车站，站内设有电梯和扶梯，完全不是所谓"农村车站"的感觉。孩子们依然情绪高涨，对于第一次踏上的"异乡之地"兴奋不已。

在君津站一下车，惠首先带孩子们去了卫生间。站前广场上有五个公交车停车点。当前停着两辆车。

"我们要坐那辆公交车去哦。"

惠指着其中一辆车说道。途经仁木草莓农场附近的公交车应该会在五分钟之后发车。

孩子们大呼小叫地朝着公交车跑去，高兴到好像一刻也安静不下来。惠强忍着没有喊："不要跑！""小心！"也紧跟在后面小跑起来。

仁木草莓农场距离公交站步行五分钟左右。

不愧是草莓园，周围一片葱翠。挂着小卖店招牌的小屋对面，并排着好几个塑料大棚。木制跷跷板、秋千以及宛如在两个台子上走梯子一样的玩具（后来问过，说是叫"云梯")等，各种娱乐设施完备，还有供烧烤用的小亭子。栅栏里有三只羊正瞅着这边。

"你好，我是跟这边预约好的玉坂。"

惠打开小卖店的玻璃窗，朝里面招呼道。一个身穿工作服的女人从椅子上站起来，走了出来。她的年龄在六十五岁左右，个头不算高，但是骨架大，身板结实。

"欢迎光临。感谢今天您预约！"

那笑容灿烂无邪，圆溜溜的双眼和鼻子让人感觉亲切。

"你们好。谢谢大老远过来。"

女人后面又出来两个男人。两人也都穿着工作服。其中一人跟女人年龄相仿，另外一人大约四十岁出头。三人恐怕是父母和儿子吧。父亲个头高、鼻梁高、眼睛小。儿子貌似继承了父母所有好看的地方，高个儿、高鼻梁，眼睛非常大。

"初次见面，我是负责人仁木。这是我的父母。"

儿子从工作服胸口的衣兜里掏出一张名片，递给了惠。上面印着"仁木贵史"的字样。

"请把行李放到这边吧，由办公室帮您照看。"

贵史说着，跟母亲一起接过了惠他们的背包。

"请先去摘草莓吧。时间限制是三十分钟，不过，今天没有其他客人，您可以带着孩子尽情享受。我们准备好烧烤的东西就会喊您，到时您可以看情况过来。"

"来，这个是炼乳。我们家的草莓不加任何东西就很好吃，不过您也可以拿着用。"

农场负责人的母亲给每个人配备了塑料小提篮和一管管炼乳。

"请往这边来。"

贵史在前面走着，将大家带到了塑料大棚里。

一踏进大棚，孩子们和惠都不由自主地深吸了一口气。大片的草莓分列左右，高度正好在孩子们的视线水平位置。狭窄的通道两侧，火红的草莓宛如宝石一般挂满枝头。

"我们家种的是千叶县开发的千叶莓、房香和叫作'恋果'的品种。"

草莓的名字好像有很多特别的，比如红颊、夏姬等。

"好漂亮啊！"

看草莓看呆了，都忘记了拍照。后面还要把今天的情况跟真行寺做汇报，也想给孩子们送照片呢。惠慌忙拿出手机，摆好了架势。

"很甜，很好吃哦。特别是房香，是市场上很难买到的人气品种。请大家尽情享用吧。"

贵史美滋滋地解说完，弯下腰跟孩子们搭话道：

"草莓是这样摘的。会了吧？"

说着，他从藤蔓上摘下草莓，放到了旁边的小澪的篮子里。其他孩子也学着摘下草莓，放到了篮子里。因为草莓结在距离地面一米左右的高度上，小孩子自己也能摘到。

仔细观察，会发现距离地面一米左右的地方绑着管子做成的架子，草莓就是长在这上面的。

惠将摘下来的草莓放在了嘴里。酸味和甜味融合的程度刚刚好，特别好吃。而且，吃刚摘下来的草莓还是第一次，所以她感觉格外美味。

"我是第一次摘草莓，还以为草莓是种在地里的呢。没想到不是啊。"

"这种叫作高设栽培。它是在高处设置架子，使用培养液来种的。根基也不是用土，而是泥炭土和稻谷壳之类的人工培养土。有的地方也不用培养土，完全是水培种植。不过，还是用人工培养土种出来的草莓味道更好一些。"

贵史将目光投向一排排的草莓。

"以前可是必须在农田里犁出垄来，用土栽种的。但是那样的话，就必须一直弯着腰劳作，非常累人。年轻人都受不了，上了年纪的人更不用说了……"

贵史缓缓走在草莓小道上，聊个不停。惠一边跟着他的步伐前进，一边继续摘下左右两边藤蔓上的草莓放进嘴里。

"高设栽培不仅干活轻松，而且不必担心土壤病害，收获时间也变长了。土耕栽培……直接种到土里的话，只能在五月份之前收获。但是我们现在这样的栽培方法，可以一直收获到六月份。"

"可是……"贵史继续说道，"草莓真正的季节应该是在春天，不过，现在需求量最多的却是在十二月份和一月份。因为要装点圣诞节蛋糕。"

"啊，这么说起来，我听电视里说过，去年的圣诞节因为草莓收成不行，使用其他水果的蛋糕品种多了起来。"

贵史的表情瞬间变得严肃，仿佛吃到了什么苦涩的东西。

"秋天那场台风，把这周围一带全都糟蹋了。我们家还好一些，勉强能扛过去。有的农家，塑料大棚都全军覆没了。"

惠低头叹了一口气："真不容易啊。"

贵史似乎调整好了情绪，面向前方，眺望着正在如痴如醉地摘草莓的孩子们。

"不过，顾客们对高设栽培的评价很好。因为小孩子和坐轮椅的顾客也很容易摘到。而且，上面不沾土，不用洗就可以直接吃了。"

惠这才意识到，草莓的高度正好在坐轮椅的人也能轻松摘到的位置上。

"啊，说的是啊。在你们这边，坐轮椅的人也能够享受到摘草莓的乐趣呢。"

"有些特殊教育学校还会把我们这里当作郊游地点哦。"

贵史很开心，微笑着说。

"那一会儿见，大家慢慢玩吧。"

他朝孩子们挥挥手，走出了塑料大棚。

接下来，大约二十分钟之后，他招呼大家："已经做好烧烤准备了。随时都可以过来哦。"孩子们手里提着的小篮子已经装满了草莓，嘴巴周围全都染成了草莓色。

吃烧烤的地方是一个带有屋顶的小亭子，里面设有桌椅。正中间是一个用石头围起来的炉子。炉子里炭火熊熊燃烧着，上面铺设了金属网，用来烤各种食材。这个炉子跟普通家庭用的烧烤炉相比气势逼人，完全不在一个等级。

盛在大盘子里的食材有做牛排用的牛里脊肉、猪排骨、法兰克福香肠和维也纳香肠、茄子、洋葱、玉米。猪排骨事先用酱汁腌好了，呈米黄色。蔬菜类也都事先切成了容易加热烤熟的大小。

贵史用一个 V 形夹子往网上摆放食材。他母亲不断地两面翻着网上的食材，调整烧烤的火候。他父亲一会儿拨弄炭火，一会儿加一点炭，调节火力大小。一家三口配合熟练。

惠后来得知，贵史父母的名字叫泰史和雅美。

"好了，烤好啦。很热哦，小心别烫着。"

雅美接二连三地将烤好的肉用厨房剪刀剪成小块，放到孩子们递过来的纸盘上。对孩子们来说有些过大的纸盘很快就装满了。

"我们拿到桌子上，坐下来吃吧。"

惠这么催促孩子们，贵史跟着搭腔道："烤好新的会给你们送过去哦。"

桌子上除了一次性筷子和湿巾之外，还准备了塑料叉子和勺子、小型厨房用剪刀。

"还有现挤的新鲜羊奶，要不要来点儿？"

泰史问道。桌子上面放着乌龙茶、橙汁和可乐。

"羊奶吗？不多见啊。"

"今天早上刚刚挤出来的，很好喝哦！"

"孩子们，要不要来点儿羊奶？"

惠一问孩子们，大辉和小新就皱起了眉头。

"我不喜欢喝牛奶。"

"我也是。"

一听到这些话，叫小凛的女孩脸色立马严肃起来，瞪着两人说道：

"小大、小新，不可以挑食的。牛奶对身体很好哦。"

惠和泰史忍俊不禁。从记事的阶段起，女孩就比男孩懂事得多。

"小凛，你好棒啊，大姐姐啦！不过，今天就饶他们这一回吧。大家都只吃喝自己喜欢的东西好了。"

"那么，羊奶就给两位小姑娘和老师上了。"

泰史自动把惠当成老师，说着离开了桌子。

不久，贵史端来了一大盘烤好的肉和蔬菜。

"来，让大家久等了。"

虽然很感谢他，不过这么大的量，看样子吃不完。

谁知贵史马上追加了一句：

"吃不完的就当礼物打包带回去。下面我还会做炒面，大家可以跟自己的肚子商量一下。"

"谢谢，太好了。"

"甜点有冰草莓。草莓糖浆是我老妈自己做的，非常好吃。"

炒面是在金属网上放块铁板，将猪肉、卷心菜和面一起放在上面炒的。贵史双手各拿一个大铲子，豪迈地搅拌着食材。惠和孩子们好奇地观望着，一做好，大家就一齐鼓起掌来。

肚子吃得饱饱的，孩子们又是玩那些娱乐设施，又是去摸场地里饲养的山羊，不亦乐乎。羊舍是由泰史陪同前往的。

惠在场地内闲庭漫步，指着好几排塑料大棚问贵史：

"左边那些大棚里也全都是草莓吗？"

"是的。现在那边种的都是母本，正在等着它们的分枝孩子……就是新的草莓苗子长出来。等到七月中旬

78

前后，就可以剪下新长好的分枝，移植到别的大棚里去了。这是一种叫作夜冷育苗的技术，简单地说，就是通过促成栽培来培育幼苗。长大的苗在九月份进行定植[1]，十月份开花之后就可以授粉了。草莓大都是人工授粉。"

没有农业方面经验的惠几乎没有听明白，不过，至少理解了两件事：栽种草莓很费劲，以及明年来摘草莓的人会被带到左边的塑料大棚里。

"十二月份开始收获，一直到五月份都在出货。那段时间，我们每天都忙着收获和装箱工作。"

"真不容易啊。"

光是听着就令人叹气。肯定不只是草莓，其他果树农户也都会忙于各种费功夫的农活吧。

"我知道在国外，日本的水果很有人气，交易价格很高。"

惠在商店的水果卖场里看到过一个一个包装起来

---

1 夜冷育苗是一种育苗方法，使草莓植株白天接受自然光照进行光合作用，夜间采用低温处理，促进其花芽分化。促成栽培是指提前或缩短栽培周期的一种方式。定植也是栽培术语，指将育苗移栽到生产田中的过程，为植株生长提供更大的空间，有利于更好地进行光合作用。

卖的草莓。想一想那上面花费的人力物力，也许无法只用"奢侈"二字来概括了。

"其实，我想开始做露天栽培。"

贵史看着塑料大棚说。

"因为只有在沐浴阳光的大地上才能长出味道丰富细腻的水果。有的农户只做露天栽培。那样劳动强度大，确实很累人，不过，我越来越习惯做农活，就想拿出一部分精力挑战一下露天栽培。"

马上快四点了。必须准备回去了。

"小朋友们，回家的时间到了。我们一起向仁木草莓农场主人的热情招待道谢吧。"

惠这么一招呼，孩子们脸上都露出了恋恋不舍的表情。

"还能再带我们来吗？"

大辉仰头看着惠。其他三个孩子也都是满脸期待的神情。这时她无法说出"不行"二字。

"当然啦。以后再一起来呀。"

"真的吗？"

"没问题，我保证。"

"太好啦！"

孩子们开心得蹦蹦跳跳，互相击掌欢庆。

惠买了五瓶雅美亲手做的草莓酱，准备作为土特产带给爱正园。此外，还让草莓园的人帮忙把烧烤吃剩下来的炒面等食物用保冷剂包起来，所以要带的东西不少，挺重的。

贵史一看，亲切地主动请缨道：

"我开车送你们到车站吧。"

"谢谢！"

惠开心得声音都几乎提高了八度。

坐上车身印有"仁木草莓农场"的面包车，赶往君津站的路上，孩子们依然兴奋地喧闹个不停。但是，乘上内房线落座以后，孩子们转眼间便开始昏昏欲睡。惠也不知不觉地打起了瞌睡。

到达锦糸町站时，惠和孩子们都已经疲惫不已。禁不住想轻松一下，他们在站前打了辆出租车，往爱正园赶去。

"欢迎回家！辛苦啦！"

一进爱正园的正门，就受到了工作人员的迎接。惠的体力和精力都已经到了极限，感觉差一点就要倒下了。

"玉坂女士，今天真是非常辛苦啊。不过，非常感谢您。托您的福，孩子们度过了美好的一天。"

被人这么真诚地当面鞠躬道谢，所有的劳累都比不上快乐那么多了。惠觉得，为了大辉和他的小伙伴们，虽然只有一点点，但自己也是做了好事。

"惠姨，谢谢你！"

"玩得好开心啊！"

"下次再见！"

孩子们纷纷跟她道别。

"路上小心点哟。"

最后，大辉说着跟她挥了挥手。

"再见，下次见！"

惠挥着手走出了正门。不光是孩子们，对于惠来说，这一天的经历也十分宝贵。

五月八日星期五，长假结束后的第二天。昨天因为是长假结束后第一天上班，人们大概还没有开足马力。虽然美咕咪食堂开门营业了，但是客人并不多。今天会不会多一点儿呢？

惠比平时提前了三十分钟进店，开始着手开店的准备。

今天的大盘料理是煮款冬和油豆腐、韩式凉拌薇菜[1]、南蛮腌渍[2]竹荚鱼、青豌豆培根法式咸派、凉拌明日叶。

今天关东煮的卖点是带皮买回来之后有好好焯过水的竹笋。竹笋这个月不吃，很快就会过季了。

推荐菜是鲣鱼蘸汁片、煮芦笋、蚕豆、凉拌萤鱿土当归、味噌炒鳕鱼山药。难得买到了新鲜竹笋，惠准备再做个竹笋焖饭。

刚把关东煮大锅的火调到合适大小，入口的玻璃

1　薇菜是中国向日本出口的一种山珍野菜，已有悠久的历史，鲜嫩味美、营养丰富。

2　把葱花、辣椒等配料放入油炸好的鱼或肉里，再加入醋进行腌制。

门就被拉开了。离开始营业还有一个小时，进来的是真行寺巧。

"哎呀，你好，真早啊。"

真行寺举起一只手，摆手道："你不用管我。"有言在先之后，便在吧台上坐了下来。

"什么时候回来的？"

"前天。我昨天顺路去了趟爱正园。谢谢你假期里照顾孩子们。"

真行寺微微施了一礼。

"不用客气。这是你留的钱里没有用完的。"

惠刚拿起事先放在收银台旁的一个信封，真行寺又举起手制止了：

"那个你收着吧。园长老师把情况告诉我了。做得很棒啊。"

交往多年的老相识了，惠明白再推让也没有用。她把那个信封收起来，递过去了另外一个信封。

"那我就恭敬不如从命了。这个能麻烦你交给大辉他们吗？里面是摘草莓的照片。"

真行寺接过来信封，把里面的照片一张一张地抽出来看。

"那地方很好呢。我虽然是第一次去摘草莓，不太懂，但是感觉即便跟其他同行相比，这家肯定也是很良心的农园。"

惠大体说了一下仁木草莓农场的情况。

"摘草莓是在大棚里面，烧烤设施上面有顶棚，那样的话，就算下雨也没有问题。草莓长在高一米左右的地方，孩子们也容易摘到，听说坐轮椅的人也没问题。"

真行寺看完照片，把它们放回了信封里。

"可能的话，我想明年也带孩子们过去玩玩。而且，下次可以提前预约，来个职业体验之类的……"

真行寺不知道在想什么，默不作声地用信封一角轻轻敲着额头。

"那个农园是七月到九月期间进行草莓苗的移植，对吧？"

"嗯，好像是那样的……"

"暑假的时候，能不能让爱正园的孩子们去那里做一次农业实习？"

"什么？"

"说是说实习，反正都是外行，估计也帮不上什么忙吧。不对，说不定还会给人家添麻烦。所以，咱们这边付一点儿实习费用也没关系。"

"突然这是怎么了？"

"我想帮孩子们扩展一下将来的就业选择。"

真行寺将信封放在吧台上，调整了一下坐姿。

"儿童福利院里出来的孩子，职业选择面太窄。托儿所老师、护士、护工……也就是说，他们大多会选择和社会福利相关的工种。当然，这里说的是那些能好好上完学、正式就业的孩子。"

没上完学就踏上社会的话，越来越多的孩子无法找到正儿八经的工作。女孩从饮食业转向风俗业，跟人短暂同居后未婚先孕的情况也不在少数。

"也就是说，会一直处于贫穷当中。"

真行寺苦恼地皱着眉头。

"你知道为什么孩子们会选与社会福利相关的职

业吗？"

惠摇了摇头说：

"因为他们自己就是在儿童福利院长大的，所以比较了解实际情况吗？"

"说对了一半。另外一半是因为他们不了解其他成年人。"

惠听完深有同感。福利院的孩子们平时接触的大人几乎都是跟社会福利相关的人员，此外就只有学校的教师。

"身边能作为好榜样的大人太少了。所以我想让他们多长点见识，拓宽一下未来的可能性。希望他们能实际感受一下，世上有各种各样的职业，要去尝试一下。"

"没错。多进行各种体验，拓宽眼界，对孩子们来说是非常重要的。"

"现在的东京，孩子几乎没有什么体验农业的机会。但是，既然有人这次成功挑战了农业活动，那么爱正园里也许会出现适合从事农业的孩子。"

真行寺再次拿起了信封。

"这个农场的年轻农场主，好像既有工作能力，又很会照顾人。让孩子们了解一下这样的人是如何工作、如何为人的，确实会增加孩子们未来的选项。"

真行寺的想法打动了惠。

"真是个好主意。请等一下。"

她从收银台旁的小抽屉里取出仁木给的名片，放到了真行寺面前。

"他父母也很热情，真的是一家子好人。"

真行寺取出手机，给名片拍了张照。

"我明天就找园长老师聊聊这件事。"

把手机收回口袋里之后，真行寺顺带一提似的随口问道：

"话说，从美国带什么小礼物比较好呢？"

"哎？"

"虽说这次去是为了工作，但是好歹也算出去旅行了一趟嘛，还不得给点小礼物？"

"不用啦，我没什么想要的。"

"我本来想从那边买回来一点东西，不过，要是你收到自己不喜欢的东西，也会觉得挺麻烦的吧，所以就作罢了。还是直接来问你本人省事。"

"我说了不需要啦。"

"给爱正园那边买的是纽约品牌的巧克力，给Camellia 的椿买的是贵价香水。我不可能只有你什么都不给买吧。"

Camellia 是银座的超高级俱乐部，位于真行寺经营的丸真 Trust 大楼内。依照惠的直觉，老板娘朝香椿好像和年轻时的真行寺交往过。

"那就要牛舌吧！"

墨镜后面，真行寺的眼睛眨个不停。

"那是什么玩意儿？"

"我说要牛舌。下次我这店里计划上一道'用筷子也能切断的牛舌'，还有'葱盐牛舌'。我只买得起美国产的特价货，这次就奢侈一把，请给我买贵得离谱的国产牛舌吧。"

"明明是美国特产，怎么成国产货了？"

惠微微一笑，又说了一句：

"作为回报，你来我店里的话，免费吃。"

"没有比免费更贵的东西了。"

真行寺兴味索然地答道，从座位上站了起来。

"明白了。给你送一堆国产黑毛和牛的牛舌。"

"每次都受您关照，谢谢。"

惠双手合掌，低头致谢。

当天晚上七点半，大友麻衣和浦边佐那子一起来到了店里。她们是在三丁目的猫咖里集合后才来的。

"两位黄金周过得怎样？"

惠递上湿毛巾后问道。两人应该都去参加了在猫咖里举行的婚活派对。

"这件事啊……"

两人相视一笑。

"被猫吸引了注意力，没顾上看人。"

"我们只顾着看猫，没怎么去和男会员交流啦。"

佐那子说着，拿起了玻璃杯，跟麻衣以生啤干杯。

"不过也有好事啦。那家当作会场的锦糸町的猫咖离车站很近，各色猫咪也有二十只以上。不用排队就可以抱抱，其中有一只跟我家米可长得还有点像。"

麻衣很开心地眯起了双眼。

"今天也有那么多看上去很好吃的料理。我要个法式咸派吧。"

佐那子点完小菜，麻衣也紧盯着大盘料理说：

"我的话……要煮款冬吧。款冬也差不多快过季了，对吧？"

"竹笋也是这个月结束就没了。今天我做了竹笋饭，要不要当作主食？"

惠指了指墙上贴纸写的"有竹笋饭哟！"，那是今天开始营业前才贴上的。

两人马上点了点头。

"关东煮也要竹笋哦。要跟它惜别了呢。"

麻衣点了关东煮，佐那子则将视线转向了推荐菜单上。

"这个味噌炒鳕鱼山药，之前没有过吧？"

"是的。山药也是这个月就过时令了。只做山药泥和切长条太无趣了,我就把鳕鱼和山药放一起炒。酱汁是加了生奶油的,所以口感光滑细腻。"

将鳕鱼和山药切好之后,用橄榄油先炒一炒,再加入味噌、酱油、芝麻酱、料酒、海带高汤和生奶油混合的酱汁来炒,最后挤一点蛋黄酱调味。虽然做起来不难,但是这道菜有滋有味,经得起细品。煮熟后的山药吃起来热乎乎的,别具一番美味。

"那就必须来一份了。"

麻衣听惠那么一说,也抬头看向了推荐菜单。

"然后再要个凉拌萤鱿土当归。这个也是下个月就没了,对吧?"

"是的。谢谢点单。接下来两位要喝点什么?"

当然,两人不约而同地选择了日本酒。

"今天有什么好酒?"

"今天建议你们喝天青和人气一[1]。天青酸甜适度,跟味道清淡的料理很搭。人气一十分爽口,跟什么菜都

---

[1] 天青是出产于日本神奈川县茅崎市湘南的清酒品牌,创立于1872年。人气一是出产于日本东北地方的知名清酒品牌。

很合适哦。"

麻衣和佐那子不知道先选哪一种好，犹豫了十秒钟左右，先点了天青。

刚开门营业就进来的三位顾客起身离席，接着立马又来了两位顾客。惠给新来的客人点酒菜忙得不可开交，跟其他客人的对话时不时会中断。

忙碌告一段落之后，麻衣和佐那子点了关东煮。

"白萝卜、竹笋、鱼丸、牛筋、葱段金枪鱼。"

"我也要竹笋。然后要鸡蛋和新土豆，再来个牛筋吧。"

惠将她们点的关东煮盛到盘子里，汤汁浇得满满的，端到了两人的面前。

"老板娘，你知道吗？我在猫咖里听人说……"

麻衣用筷子叉开萝卜，像是突然想起来什么一样说道。

"现在的年轻人在辞职的时候会找代理。"

"啊呀，是吗？"

"好像干代理辞职这一行的人越来越多了呢。"

"不是提交辞职信就行了吗？"

"听说剩余年假、未支付工资的计算，等等，他们都会帮着做。"

"这种事一般不都是公司来做的吗？"

"我也是那么想的，但是，会找代理的人应该就是信不过公司吧？"

"也是，有一些黑心企业嘛。"

麻衣第二杯点的是人气一。喝了一口之后，她点头道：

"还有一点，好像那些人也是因为不喜欢遇到被人挽留的尴尬情况，或者讨厌被人挖苦什么的。"

"心情可以理解……不过，辞职后大可一辈子都不再见，稍微忍耐一下不就得了。"

"现在年轻人的内心没有那么强大啦。"

惠有些好奇，代理辞职的费用会是多少钱呢？把忍耐一时的不爽和花钱解决的方式，这两者放到秤上称一称的话，自己最高愿意付多少呢？

不，估计自己肯定会选择忍耐吧。大概人上了年纪，心里都长茧了吧？不像年轻的时候那么容易受伤。

一旦决定辞职，公司的上司无论说什么风言风语、吼来吼去，那都算不上什么了。比起这些，掏出去的钱倒是怪浪费的……

"不过，我也很理解他们想找代理的心情。因为说出这些话的可是……"

佐那子压低声音，说出了某个连锁居酒屋的名字。那家店惠也有所耳闻。

"是那家店的创业者，也就是现任会长。那可是一位把独裁演绎得淋漓尽致的人物，非常强势、铁面无私呢。"

"他那个样子，留不住老婆也是理所当然的。听说他离过两次婚了，听到这种事就能理解为什么。"

"一张嘴全都是夸耀自己公司。我们又不是他家股东，完全没有兴趣啊。"

"我一直以为喜欢猫的人没有坏人，不过，什么事都有例外吧。"

麻衣和佐那子两人热火朝天地说起了独裁会长的坏话。

惠随声附和，同时对代理辞职行业产生了兴趣。

"说起来，你们知道那个代理辞职行业，一般都是什么样的人在做吗？"

佐那子歪着脑袋思考起来，麻衣则掏出手机开始查。

"以前只是专业人士和律师事务所的人在做。从二〇一八年开始，工会也开始介入了。如果公司那边提出'不认可代理'或者'让律师跟我们谈'的话，可能不得不放弃使用代理。不过，请工会和律师事务所代理的话，好像就没有问题了。"

"律师也做代理辞职吗？"

这样一问，惠想起了一位客人的话。

自从二〇〇六年司法考试制度改革以来，考试及格率从百分之三上升到了百分之二十，律师人数增加了。但是，刑事和民事案件的数量却在减少。律师之间的差距拉大，甚至还出现了年收入两百万日元以下的律师和没有工作可做的律师。如今，有律师资格证简直等同于没有资格证……

惠想到这里，像是连锁反应一般，又想起了新见女儿的事。虽然当上了憧憬的律师，可是实际上被委任的工作却让人目瞪口呆，非常绝望。

"最近这几年，电视和广播里都多了很多律师事务所的广告，讲什么'帮您退还多付的钱'。我还一直觉得奇怪呢，听了你们说的就理解了。"

一直在用手机检索的麻衣再次开口道：

"找到啦。代理辞职的价格行情，律师最便宜的不到两万日元，太厉害了吧。"

惠又心算了一遍。

如果付两万日元能从黑心企业彻底退出来，也许还算付得值？

"那么努力地学习，好不容易通过了司法考试，却只做一些帮客户退还多支付的钱和代理辞职的工作，作为律师也受不了吧。"

佐那子感叹地说着，将葱段金枪鱼放到了嘴里。

"我是看着电视剧《梅森探案集》[1]长大的，所以一

---

1 美国20世纪60年代的热门电视剧。

说到律师，印象中就是那种'正义的伙伴'。"

"这么说起来，我也记得看过。还是黑白电视那个时代演的……"

麻衣的目光里也多了一丝怀念，她将玻璃瓶里的人气一倒进了杯子里。酒在杯中只有大约三分之一了。

"佐那子姐，我们点天青，一人一半吧？"

"好啊。老板娘，来一杯。"

佐那子拿起空了的玻璃瓶，在眼前摇晃了一下给惠看。

那天九点以后，新见圭介来店里了。他之前一般是在周二比较早的时间过来的，很少会在周五晚上来。

"欢迎光临！请坐。"

惠递过去湿毛巾后，新见一面擦手，一面徐徐地环视店内。大盘料理的法式咸派和凉拌菜已经卖完，推荐菜里的蘸汁片和蚕豆也已经没了。

"不好意思啊，很多菜都已经卖完了。"

"没事，我刚才和朋友去了寿司店，顺道过来的，所以肚子不太饿。"

新见选了个韩式凉拌菜当小菜，点了一杯天青酒。

"我还要点关东煮……请给我上白萝卜、海带、新土豆吧。"

新见就着关东煮慢慢地喝酒。其他顾客接二连三地告辞了。九点半以后，吧台上只有新见一个人。

"今天我早点儿收工，不过您慢用哦。我先失陪一下……"

惠去了外面一趟，将入口处的挂牌翻过来，换成了"准备中"的字样。收起立式广告牌，把挂帘的前端卷到杆子上之后，她返回到吧台。

"刚才大友女士和浦边女士也在呢。听说两位都在黄金周的婚活派对上一无所获。"

新见微微一笑。他自己也刚刚为女儿的婚活积极行动起来。听麻衣和佐那子说，他去了两人去过的同一家婚姻介绍所咨询。

"竹笋饭给您当礼物拿回去吧。剩下了一点儿，跟您一起分享。"

惠指着墙上的贴纸说。

"谢谢，我很开心。"

然后，他的视线落到了玻璃杯上，有些寂寞地低语道：

"我过世的老婆做饭做得很好，不过我女儿大概不会做饭。她从读幼儿园开始就上辅导班了，一门心思学习。"

"为了考试吗？"

"是我老婆的意思。因为她一家都是庆应大学或者双叶大学毕业的，所以她也要让女儿上那两个学校。"

新见的语气里能听出悔恨之意。

"小学和初中时，她都没有考上理想的学校，高中也没有考上第一志愿，大学也是通过调剂进的第三志愿学校。所以她才特别想要通过司法考试，来证明自己给大家看看。她和我老婆都认定只有那样做才是'报仇'的唯一办法……"

可谁承想，据说现在，新见的女儿却因为从前对律师抱有的幻想和现实之间的巨大差距而痛苦不堪。

"我这个当父亲的，应该再早一些劝劝她俩就好了。带着超出自己实力的过高期望是不会有好结果的，还不如多多重视去体验与自己年龄相称的事情，比如好好交朋友、磨炼一下自己的感受性、多体会一些感动……"

新见的脸上露出自嘲一般的笑容。

没有经历过应考的惠不知道该如何回答他。但是，新见似乎也没有期待她的回答。他好像只是想倾吐一下自己内心的想法。而且，大概正因为惠既不是他的家人，也不是他的亲戚朋友，只是一个所谓萍水相逢的外人，所以才能无所顾忌地敞开心扉吧。

此时此刻的惠对新见来说，就跟路旁的电线杆一样。然而，人有的时候是需要一根电线杆的。正因为曾经作为占卜师跟各种人的内心有过接触，所以她才能这么想。

"老婆和女儿都反对我。她们说我讲的全都是场面话，友情、感受性、感动什么的都不能当饭吃。"

新见不知是不是想起了当时的情景，难以忍受般地皱起了眉头。

"两个人会反对我也是可以理解的。我一直埋头干自己的研究，家务和孩子都没有管过，全都交给了老婆一个人。如今也没有资格说三道四了。但是……结果是我女儿一点儿都不幸福。她正在一点点地走向不幸。随着年龄越来越大，她的不幸大概也会变得越来越大，直到再也无法挽回。"

新见喝光了玻璃杯里的天青，肩膀无力地垂下来。

"对不起。每次来这边，总是让你看到我丢人现眼的样子。"

"请不要在意这些。一个人如果不把埋在心里的想法彻底吐露出来，有时候是会生病的啊。不是有一个童话叫作《国王长着驴耳朵》吗？"

惠往自己的玻璃杯里倒了天青酒之后，把一个新的玻璃瓶放到了新见面前。

"来，这个店里请客。"

"谢谢。"

新见点头道谢后，往玻璃杯里倒了酒。

"您女儿的名字，方便请教一下吗？"

"不好意思忘了说，她叫晶。一九八二年五月十日出生，金牛座，A 型血。"

"记得这么清楚啊。"

惠微笑着这么一说，新见黯然地摇了摇头。

"我知道的也就这么一点儿了，其他的几乎什么都不知道。她喜欢吃什么，不喜欢吃什么，喜欢什么样的电影、音乐和小说，喜欢什么类型的男人，过去跟什么样的男人交往过，我全都不知道。对于女儿的人生，我的参与度到底有多低啊，简直让人惊讶。"

"新见先生，父亲就是这样的。"

惠有力地断言道。惠去世的父亲，毫无疑问跟新见半斤八两。

"话说回来，听说您去大友女士她们去的那家婚姻介绍所登记了？感觉怎么样？"

"现在还没法说。不过，我咨询的那位工作人员感觉经验比较丰富，似乎是个值得信赖的人。"

"作为父亲，您希望晶小姐的交往对象是什么条件呢？"

新见连忙摆手说："哪里的话呀。"

"我们这情况哪里有资格要什么好条件。只要健健康康、人品好，其他都……"

话虽然这么说……惠心想。晶从事的可是律师这么优秀的职业，她本人肯定会对结婚对象的职业、收入、社会地位和相貌等有各种要求吧。

惠凝神仔细观察新见。

"晶小姐个头挺高，长得很漂亮，对吧？"

新见有些不好意思了。

"说不上很漂亮。确实个头不矮……有一米七。您真不愧原来是人气占卜师啊，居然知道得这么清楚。"

这不是占卜的作用。因为惠看新见身材修长、仪表堂堂，所以觉得他女儿肯定是个高挑的美女。

"那么，果然还是要比晶小姐个头高，一流大学毕业，就职于一流企业的员工或者公务员、医生、律师这样的人，她也许才看得上吧。"

"重要的是人品。"

新见断然说道。

"我女儿通过司法考试之后，好歹在公司里工作十年了，应该差不多擦亮眼睛了。学历和职业再好，如果性格不好是最不行的。不说别的，我老婆一家都是超级精英，但是从人品来讲，净是些讨厌的家伙。"

新见停顿了一会儿，深吸了一口气。

"不管多大的数字，只要一跟零相乘，立马就会清零对吧？我觉得人品也是一样的道理。不管多么有地位和财产，性格不好就算破产。"

说得太妙了。惠暗自赞叹。

"我女儿从四月份开始回家住了。之前她曾经独立出去，有过一段独居生活。可是很惭愧，现在连律师会的会费都交不起，好像把租的公寓给退了。作为一名律师，她有多大道行，您明白了吧？"

按照律师法规定，律师必须隶属各自都道府县的律师会和日本律师联合会才行，否则就不能作为律师出来工作。也就是说，必须加入两个强制加入的组织，缴纳两边的会费才行。据说晶这种情况，每年要交接近三十七万日元。

新见重新正了正坐姿，面向惠说：

"其实我今天过来是有事相求。"

"什么事呢？"

新见从文件包里取出一本小册子，递给了惠。

小册子是 A4 大小，封皮上印着"结缘父母相亲会"。

"这是什么？"

"就是所谓的代理婚活，父母代替孩子相亲。如果有感觉不错的对象，再让孩子们见面。"

"……代理婚活。"

惠快速翻阅了一下小册子。上面登着一些照片。在一个好像是酒店宴会场地的会场里，像办婚礼一样摆放着一排排圆桌，许多上了年纪的男女正在热切地交流。

"就是由父母代替老大不小却还不想结婚的孩子，或者工作忙得顾不上找对象的孩子去寻找结婚对象的意思。"

惠默不作声地点了点头。刚刚听说代理辞职，又来了个代理婚活，一天就知道了两种新生事物。

"我是挺佩服的，真是个不错的模式。双方父母如果进展顺利的话，两边的孩子顺利发展的概率也会很大吧。"

新见言之有理。如果双方性格合得来，婆媳关系应该也不会差到哪里去。但如果是自由恋爱结婚，一般并不是在确认对方父母是什么样的之后再恋爱。

"确实像您说的那样，这个挺不错的。以结婚为目标的话，我觉得这是挺合理的方式。"

"太好了。"

新见脸上露出了放下心来的神情。

"其实我已经先斩后奏了。这个月最后一个星期日，我报名参加了这个会。"

"挺好的，兵贵神速嘛。"

"所以……我有一个非常冒昧的请求，能请您跟我一起参加吗？"

"啊？"

惠没明白他的意思，不由得发出了莫名其妙的声音。

"麻烦您和我一起参加这个会，跟对方的父母面谈，帮我女儿选择适合她的对象。"

"这，这种事……"

惠刚想回答"不可能"，中途又把话咽了回去。因为眼前的新见就像一只被遗弃的小狗一样，正可怜巴巴地看着她。

"明知不可能，但还是拜托您了。"

新见双手撑在吧台上，深深地低头鞠躬，额头几乎都要碰到台子了。

"刚才跟您说过，我对我女儿完全不了解。说句实话，关于她跟怎样的男人结婚才会幸福，我一点儿都没头绪。"

惠不知所措，感觉无地容身一般。

"新见先生，这太为难我了。您先抬起头来吧。"

新见缓缓抬起了头。

"还有一个原因是，我知道自己看人的眼光不靠谱，也许会选到一个让女儿不幸的最差劲的对象。"

惠不假思索，差点儿要表示同意说："是呀。"好不容易才没说出口。只从他今晚所说的这些情况来看，新见和他亡妻一家好像非常不投脾气。他自己就是跟这样的对象结婚的，所以他的说法充满了说服力。

"但是，会不会违背人家那个会的规则呢？我又不是晶小姐的母亲……"

"这个没有问题，我会请您作为我过世妻子的代理人出席。毕竟在面临重要面谈的情况下，缺少女性角度来看的话，会让人很不安。"

惠又忍不住差一点儿要同意了。

"听负责人说，有过母亲独自出席，谈成了孩子婚事的例子。但是，从来没有过父亲单独参加的情况。"

这也是很有可能的。很多中老年男性很少社交。进入初次见面的人群当中宣扬自家孩子的魅力，成功获得对方父母的信赖而促成孩子们相亲，这个工作对于一位老父亲来说，简直难于上青天。

"请务必助我一臂之力。剩下的时间不多了，在我卸任之前必须决一胜负。等我退下来，我女儿的条件就更差了。拜托，请务必帮忙！"

被新见那种迫在眉睫般的气势所压倒，惠不知不觉点头应允。

"非常感谢！"

新见干劲十足地从椅子上站了起来。

惠内心暗暗后悔："傻了傻了！"但是为时已晚。

"真的很感谢！"

新见正儿八经地双手合十，真诚拜谢。惠没有出声，暗自嘟囔了一句："人家还没死呢，你就拜？"

"新见先生，我还没有见过晶小姐本人呢……"

"这月末的周五，我会把她带过来。请告诉我您什么时间合适？"

惠双手放在腰间，叹了口气。事到如今，已经无计可施，都登上贼船了。

"刚开门营业的时候比较合适。可以静下心来聊一聊。"

惠仰天望去，还没有看到亮光……

高岭的马铃薯冷汤

112

五月末已经是初夏的气候了。街上来往的行人换上了夏季的装扮，穿短袖的人越来越多。

毛豆、带叶子的谷中生姜[1]、扁豆、藠头、狮子唐[2]等蔬菜都上市了。一整年都出现在人们视线里的黄瓜、茄子、西红柿、青椒等也迎来了真正的时令。

二十九号是五月份最后一个星期五，是惠约好新见圭介带他女儿晶一起来店里的日子。

惠干劲十足，想尽可能把初夏所有的美味备齐。

大盘料理有法式时蔬杂烩、生姜酱油煮扁豆、味噌炒茄子青椒、卷心菜炒咸牛肉、煎蛋卷。

法式时蔬杂烩充分利用了夏季蔬菜（西红柿、茄子、红辣椒、绿皮密生西葫芦）。时令扁豆就只是用水焯一下之后，浇上了生姜酱油，简简单单却十分美味。

1　谷中生姜又名叶生姜，东京都台东区谷中的特产。
2　一种短小的绿辣椒，原产于日本，又名日本小青椒。

关东煮则是从六月份开始提供，登在菜单上的冰镇西红柿关东煮也早先一步粉墨登场了。

今天的推荐菜是生海胆和障泥乌贼刺身，谷中生姜配味噌，紫苏梅炸沙丁鱼，秋葵、圣女果和绿皮密生西葫芦芝士炸串，填馅西红柿。

海胆和障泥乌贼是在筑地场外市场的鲜鱼店以合适的价格采购的。乌贼这几年因为收获量少，价格上涨，很难买到物美价廉的。所以今天算是很走运了。

正值时令的谷中生姜直接蘸味噌来吃，这是夏季的一道经典美味。这个时期的沙丁鱼是在铫子[1]海上捕获的真鳁，被称为入梅沙丁鱼，鱼肉肥美。去鱼头、开肚，薄薄地抹上一层梅干酱，贴上青紫苏叶一炸，新鲜的鱼肉融于梅干的酸味和青紫苏叶的清爽之中，吃起来口感浓厚却不油腻。

填馅西红柿是将西红柿和青椒里面的瓤取出来，塞进去其他食材的一道菜。看起来十分豪华，所以经常

1　位于日本千叶县的渔港城市。

在派对料理中看到。也有用烤箱加热的做法。不过，惠做成了具有夏日清凉感的沙拉风格。洋葱切细丝，将弄碎的煮鸡蛋和牛油果放在蛋黄酱里拌一拌，然后全都塞进西红柿里，装饰上罗勒叶。做成的菜品红、黄、绿，色彩缤纷，非常美丽。

惠环顾店内，心满意足地微笑。这么一来，新见的女儿肯定也会中意吧。

她将门帘挂起来，打开了立式广告牌的电源，入口处的挂牌翻到了"营业中"的字样。

刚回到吧台里，入口处的门就被轻轻地拉开了，新见出现了。他的身后还能看到一个女孩的身影。

"欢迎光临！请找喜欢的位子随便坐。"

新见回头催促他女儿坐下来。

名叫晶的女孩看起来也就三十岁左右的年纪，比实际年龄年轻很多。貌似是素面朝天，不太长的头发用橡皮筋在脑后扎了起来。穿一身米色的西服套装，提着一个厚厚的文件包，外套衣领上别着一个表明律师身份的向日葵徽章。

"您喝点什么？"

惠递给他们湿毛巾，问道。

"我要小杯生啤。你喝什么？"

新见问晶。晶似乎感到很稀奇的样子，环顾了一圈店内。

"那我也要一样的吧。"

"好的，知道了。小菜请从大盘料理中选出一道喜欢吃的，也可以从这里面选一种做单点菜。"

惠简单地介绍了一下菜品，往玻璃杯里倒了生啤。

"这里的菜都是纯手工做的，每一样都很好吃。老板娘，我要扁豆。"

"好的。美女要什么呢？"

"嗯……我要时蔬杂烩吧。"

新见抬眼看了看墙上贴着的"开始提供冰镇西红柿关东煮啦"。

"冰镇西红柿关东煮？好像麻布十番的关东煮店里也有。"

"是的，我是模仿他们那边做的。我家小店里只限夏季才有，所以是放在冰箱里冰镇好再拿出来的。"

"那么，也来一份那个吧。然后，今天的推荐菜是……"

贴纸的旁边挂着写有今日推荐菜的黑板。新见从头开始慢慢地读起来。

"填馅西红柿是什么？"

"是把西红柿里面的瓤取出来，再塞进去其他馅儿的一道菜……"

惠的解释似乎引起了新见的兴趣。

"虽然听起来很好吃的样子，不过关东煮我也要的西红柿，重复了。"

"可以的话，我给您和您女儿每人各盛半份，怎么样？"

"啊，那可太感谢了。另外，今天的推荐菜是？"

"我想说，其实全部都很推荐。谷中生姜是刚刚上市尝鲜的时候，请务必尝一尝。然后是障泥乌贼和沙丁鱼。乌贼最近很难买到，沙丁鱼鱼肉肥嫩，正当时令。"

新见微微一笑。

"那就要谷中生姜、乌贼刺身和炸沙丁鱼吧。感觉不吃会后悔。"

晶默默地听着两人的交谈，就着时蔬杂烩当下酒菜，慢慢地喝着生啤。

惠从冰箱里取出西红柿关东煮和填馅西红柿，用刀切成两半后放在盘子里，又加了两个小碟子。

"有什么好酒呢？"

"今天我准备了十四代[1]和喜久醉。第一杯给您推荐十四代，很适合吃西餐头盘，所以配填馅西红柿正好。喜久醉适合所有的日本料理。"

"那就来一杯十四代吧。要两个玻璃杯。"

新见像征求意见一样偷看晶的表情，晶默不作声地点了点头。

惠端出谷中生姜之后，往玻璃瓶里倒入十四代。平时一般不上这种高档酒，惠是为了今天欢迎新见父女光

1　十四代是出产于日本山形县的知名清酒品牌，是世界上最贵、最难买到的清酒，其所属酿酒厂牌高木酒厂创立于17世纪。喜久醉也是知名的日本清酒品牌。

118

临才采购的。她一面留意着两人吃饭的节奏，一面开始着手准备乌贼刺身。

惠在手握厨刀之前，若无其事地看了看晶的脸。

可惜了……

这是她的真实感想。晶长得很像新见，姿容秀丽，完全可以算是美女。但是，她的表情却十分阴郁孤高。搞不好会被认为是一个顽固、偏执的人。一般的男人要接近现在的晶，估计都会踌躇不前吧。

如果她的表情再稍微柔和一点，能够流露出自然的笑意，大概会迷倒一大片。

"爸爸，你是从什么时候开始来这家店的？"

晶将西红柿关东煮放到嘴里，问道。

"从新学期开始以后。第一天上课，回家时高桥先生约我喝酒，说是他经常去的店就在附近。谁知道去了一看，那边不凑巧临时关门了。我们就琢磨新道街这边应该会有差不多的店，于是偶然走进了这家店。"

"哦……"

晶百无聊赖地随声附和。新见感慨万千地继续说道：

"纯粹是个偶然，不过我觉得这也是一种缘分。现在一上完课，就期待着来美咕咪食堂坐坐。"

"托您的福，这么关照小店，非常感谢。"

惠点头应声道，接着把要炸的沙丁鱼放进了油锅。刺啦刺啦的爆油声迅猛地响了一阵子，一股油炸的香味升腾起来。

"我很喜欢吃沙丁鱼。无论是煮、烤，还是油炸，都很好吃。"

新见陶醉地眯起双眼，深深地吸了一口越过吧台飘来的紫苏梅炸沙丁鱼的香气。

"对了，店里不做梅煮[1]吗？"

"做呀。今天做的油炸，做梅煮的时候会用大盘子。"

"是吗？下次如果定下来哪天做梅煮的话，请提前告诉我一声。那天我一定会过来。"

"哎呀，好开心啊。不过，那还不如您直接告诉我

1　用梅干煮制的料理方法。

哪天过来方便呢。您哪天过来，我就哪天做好了。"

从之前来店的情况看，新见大概是每周二在净治大学有课。但是，这话她不敢在晶面前说。从晶进店开始，惠就注意到了，不知道怎么回事，晶好像心情不好。虽然在吃东西的过程中，她的心情似乎在慢慢变好，但是全身散发的氛围却充满了敌意。

惠往已经添上卷心菜丝的盘子里横放刚刚炸好的沙丁鱼，把它端到吧台上，接着端出了调味汁。

"梅干和青紫苏叶已经入味了，如果感觉味道不够的话，请再来点儿调味汁。"

新见和晶同时将筷子伸向了炸沙丁鱼。两人都没有额外再往上面浇调味汁，塞了满嘴的紫苏梅炸沙丁鱼。

"好吃。"

晶说完后，慌忙将松缓下来的两颊又收紧了。

"老板娘，下周二我在净治那边上课，上完课会过来。梅煮沙丁鱼可以预订吗？"

"好的，知道了。我会等您。"

新见放下筷子，转向晶。

"周二傍晚，我们要不要在这里碰面？晶也很喜欢吃妈妈做的梅煮沙丁鱼，对吧？"

"嗯。"

看起来，晶仅仅是对新见说的后半句表示赞同，对于在美咕咪食堂碰面这件事，似乎并不情愿。

新见将玻璃瓶里剩下的十四代倒进了晶的玻璃杯，然后把瓶子放在了吧台上。

"这个再来两杯吧。"

"好的，谢谢。"

父亲和女儿的样子尽收眼底，惠觉得新见好可怜。

两人的谈话经常是聊着聊着就中断了。新见虽然在没话找话地跟晶聊，但是晶的回答总是漫不经心的，说了前言没有后语。

一个顾不上家庭的男人，老婆先行一步，当他不得不跟年过三十五六的女儿正面交流的时候，大概多多少少都是像新见父女这样的光景吧。

女儿明明早已经长大成人，内心也已与父亲疏离，而父亲这边却没有自觉，对女儿孩提时代和现在的差别感到十分困惑、狼狈不堪。

晶毫不掩饰自己的不开心。惠从一旁留意着晶的表情，终于意识到了问题所在。

啊，原来如此，是这样啊。

惠不由得扑哧一笑，正面直视着晶。

"有什么问题吗？"

"对不起，只是……新见先生一直感叹自己对于女儿的事完全不了解。其实，你对你爸爸也完全不了解啊。互相扯平了。"

晶有些不愉快地挑起了一边的眉毛。

"我不明白您是什么意思。"

惠自始至终都是沉着却又干脆的语气。

"新见先生没有想再婚的意思。他只是担心自己马上就要退休了，女儿却没有要结婚的意思，所以才来找我商量的。"

晶倒吸了一口气，回看着惠，似乎想要知道她说这话的真正意思。新见不明所以，呆若木鸡。惠好像理解了新见的疑惑一般，朝他用力点头。

"新见先生，您女儿误会你了。她以为你把她带过来，是为了给她引见一下你的再婚对象。也就是说，她以为您打算跟我再婚呢。"

"不是吗？"

晶来回看了看新见和惠，问道。

新见被出其不意地来了这么一下子，惊得半张着嘴巴。

"什么啊？傻话嘛……啊，不，失礼了。但是……"

"您的心情我很理解。是不是连做梦都没有想过的事被人这么一说，脑袋里一片空白了？"

"是，是的，正是这样。真是太丢人了。"

新见赶紧低头道歉，惠笑着摆了摆手。

"姑娘，这样就解除误会了吧？"

晶乖乖地低下了头。

"对不起，我完全误会了。一听说是做菜好吃的美女老板娘的店，我马上就想到骗老头子的那种事。因为手头的案子当中有好几件是这样的。所以我以为，我妈去世已经三年了，我爸会不会也耐不住寂寞，受骗上当了呢。"

晶着实过意不去，偷偷看了看她爸。新见抱着胳膊，一副哑巴吃黄连一般的表情。

"本来我爸跟谁再婚都是他的自由。虽然我是他的孩子，但是没有权利说三道四。不过，我们的房子也好、土地也好，都是我妈从她娘家继承过来的财产，并不是我爸积累起来的。这些东西拱手让给再婚对象，我还是没有办法接受。"

新见再次半张开嘴巴。他大概做梦都没有想到女儿会跟自己说这样的话吧。不，不止如此，财产也好、再婚也好，包括再婚对象拥有遗产继承权，等等，这些现实世界的利益之事，他都丝毫没有考虑过。总而言之，他是住在象牙塔里面的人，丝毫不懂世故，所以才会眼睁睁地让女儿年近四十，还完全没有考虑过婚事。

但是，惠没有责怪新见的意思。没有染上世俗习气，也就意味着他非常纯粹地投身到学问中去了，这不正是作为学者的一个正确姿态吗？如果那位代替新见、与世俗交锋的太太现在还活着的话，也许所有的事情都会顺利发展吧。

"姑娘，我说给你听，请不要生气啊。"

"叫我晶就行了，我已经不是可以被叫作姑娘的年龄了。"

"哎呀，哪里。在我看来，就是一个可爱的姑娘嘛。"

惠莞尔一笑。

"新见先生非常担心自己去世以后，晶小姐你怎么办。如果找不到一个值得信赖的人生伴侣，也许不久以后就会成为独居老人，孤独死去……他经常说，一想到这些，晚上就睡不好觉。也许你会认为他是瞎操心，但是我觉得父母的关心是值得感激的。"

晶沉默不语，视线落在吧台上。她既不矢口否认，也不一笑了之，大概是内心有些许愧意吧。

"实际上，我以前做过占卜师。可能因为这个缘故，能看到男女之间的一点儿缘分。因为受到那种缘分的指引，帮人穿针引线，已经诞生了好几对夫妻。新见先生了解这个情况，所以才找我商量，问我怎样才能帮助晶小姐找一个好伴侣。"

晶惊讶地瞪大了眼睛。

"我跟他提议说，'作为父亲的新见先生一旦退休，女儿的条件也会变差。要想参加婚活的话，只有现在'。"

虽然说得有点儿添油加醋了，但是大体情况惠并没有撒谎。

"我们店里的客人当中，有两位现在正在参加婚活。正是个好机会。所以，在她们两人的介绍下，新见先生也去婚姻介绍所登记了。"

晶仿佛被狐妖迷惑了一般，眼睛眨个不停。

"……请等一下。为什么我爸要去婚姻介绍所呢？明明我才是当事人。"

"现在的婚姻介绍所里，有一种叫作代理婚活的活动。就是双方父母代替忙碌的孩子先见个面。如果双方父母中意，再让两边的孩子相亲。"

晶明显蹙起了眉头。

"这不是很奇怪吗？"

"但是，仔细想想也很合理啦。因为孩子之后是跟父母中意的对象见面相亲，所以即便发展到结婚，也能避免跟对方的父母产生矛盾吧？"

晶沉思良久。

"晶小姐，你自己不排斥结婚吧？如果有好的对象出现，也是可以结的，对吗？"

"这个嘛……是的。"

不出所料，晶诚实地点了点头。

大部分的独身女性都不想"一辈子单身"，都觉得"有好对象出现的话，还是可以结婚的"。更何况眼看就要到四十岁了，更是如此。即便是这种情况，也依然有人选择结婚，有人不结婚。差异就在于，是对"好对象"的好意感觉有些不清不楚，还是已经想好了某些具体条件。

所谓不清不楚的好意，就是恋爱的同义说法。能否恋爱，受到偶然性的左右。如果以恋爱为结婚的前提条件，结婚的概率就会降低。但是，设定了具体条件的人，就会将条件限定在适合自身的范围内，因此就会有很高的结婚概率。因为结婚这个球门柱是稳固不动的。

晶是哪一种呢？恐怕她对结婚也不清不楚吧。光是应付高考和司法考试就已经手忙脚乱了，踏上社会之后又忙于工作，应该都无暇考虑结婚的事。

"一说到婚姻介绍所，像晶小姐这样的年轻人也许会感觉很老套。但是，我觉得认真考虑结婚的人利用婚姻介绍所是一个很好的办法。"

见晶不解的样子，惠耐心解释道：

"我的一个朋友说过，人与人之间的关系，相遇的地点起到了很大的作用。在寻欢场所遇到的人也就是玩玩，在工作中遇到的人通常也仅限于工作关系。所以，如果希望结婚的话，在持有同样想法的人集中的地方相遇是最快的捷径。"

说这话的是茅子，不过，惠也完全赞同。

晶的表情开始有些接受的样子。恐怕她过去也有过止步于工作关系的异性朋友吧。

"可谓至理名言，确实如此。"

新见也非常感慨地点了好几次头。

"当然，如果晶小姐自己能够积极主动地参加婚活，也建议你去婚姻介绍所登记一下。而且，现在还有一种叫作配对交友软件的便利工具，可以帮着介绍对象，比婚姻介绍所还方便。我们店里的顾客当中，也有人用过这种软件。不过，最终她的结婚对象不是在那个软件上认识的。"

"配对软件是什么呢？"

新见饶有兴趣地探出身子发问。

"这是一种手机软件。各种不同的公司都有运营。不过，基本上都是实行会员登录制的系统。登录以后互发信息，寻找感觉比较好的人。这样就不需要亲自去婚姻介绍所，而且，这些软件上的会员人数也比那边多很多。利用得当的话，是非常有效的。"

因为操作便捷、价格便宜，如今，配对软件有超过婚姻介绍所的势头。听说在美国，有四分之一的夫妻都是通过配对软件认识的。

"只是，也有一些就像以前的交友网站那样的软件。如果不事先调查一下，会比较危险。真正可以认真找结婚对象的软件，也会向女性收取会费，所以我觉得这算是一个参考标准吧。"

配对软件的会费高的也不过四千到五千日元，因此，跟婚姻介绍所相比，门槛要低很多。

"晶小姐本人有兴趣参加婚活吗？"

"这个嘛……"

晶的目光游移了。因为她至今都跟婚活无缘，突然被人这么一问，不知道该如何回答。

"但是，你是觉得如果有一个不错的人出现，也可以结婚，是吧？"

"嗯，算是吧。"

"那么，这件事就定下来了啊。"

惠将视线从晶身上移开，转到了新见那里。

"首先，由新见先生去参加'结缘父母相亲会'，寻找看起来比较适合晶小姐的对象。如果找到不错的人，你就直接跟那个人见面看看。感觉不是自己喜欢的类型，拒绝就行了。如果是自己喜欢的类型，也可以约下次再见。"

晶模棱两可地点了点头。新见看到她点头，明显松了一口气。

"来，那么为了庆祝婚活的开始，这些就由店里赠送了。"

惠将一堆热气腾腾的关东煮盛到盘子里，放到了两个人的面前。里面包括白萝卜、魔芋、海带、油炸豆腐、鱼肉山芋饼，关东煮的常规品种一应俱全。

"谢谢。但是，这个请一定要好好收钱。不能总是受老板娘您这么关照啊。"

"没问题啦！值钱的菜都没有端出来。"

惠咚的一声拍了下胸口，晶第一次露出了一丝微笑。面带笑容的晶看上去十分可爱，跟面无表情时的她判若两人。

当天店里来客不少，不到七点，吧台上已经坐满了顾客。

七点半以后，新见刚刚领着晶离开，一对男女马上无缝衔接坐了下来。

"哎呀，欢迎光临！"

惠一看清来人是谁，声音立马兴奋起来。来的是矢野亮太和旧姓日高真帆的夫妻二人。

亮太是四谷会计师事务所的一名注册会计师。真帆是启宥馆大学文学部研究生院的研究员，拿到了博士学位的一位才女。但是，因为受到博士人数增加的影响，她没能获得助教和讲师等大学正式职位，也就是所谓的POST DOCTOR，博士后。

"来得正好。今天进了很好的障泥乌贼，还剩下一人份。"

真帆很喜欢吃乌贼。

"好开心啊。哎呀，填馅西红柿好像也很好吃。"

"先要小菜吧。我要扁豆。"

"我要卷心菜炒咸牛肉。小时候经常吃呢。"

惠端上他俩点的柠檬碳酸酒之后，将大盘料理分盛到两个小碟子中。

结婚之前，亮太每周来三次美咕咪食堂，名副其实地把这里当食堂一样经常来。现在确实不像以前那样频繁，但是夫妻二人还是会一周一次来店里露露脸。

"告诉你啊，老板娘，真帆同学这次定了要出书呢。"

亮太很开心地说道。两人结婚之后还以"同学"相称，这在惠看来十分新鲜，忍俊不禁。

"恭喜恭喜。好厉害啊！"

真帆有些羞涩地摇了摇头。

"没什么厉害啦。因为是学术书，自费出版，不会印多少本的。"

"天哪，能出有关学问的书，光这一点就够厉害啦。"

通过亮太，惠了解到真帆是一位优秀的研究者。目前，她专注于写学术论文，并且已经出版了跟他人合著的和独著的书。

"这次的新书会给你的研究成果积累新的成绩吧。"

"但愿如此。"

真帆莞尔一笑，十分信赖地看了看亮太，幸福溢于言表，让看在眼里的惠都变得很高兴。

婚前的真帆不幸相继失去了父母，又从极其激烈的正式教师职位之争里被挤了出来。她感到很不安，像被打垮了。那个时候的真帆活着如同幽灵一般，没什么存在感。而如今，却是毅然决然的姿态，看起来闪闪发光。那是得到了一个好伴侣之后，与对方共享的安心感给她带来了勇气和内心的安定。

"今天这是怎么了？居然还有十四代这种好酒。"

亮太的目光停留在了刚刚从冰箱里取出来的一升装酒瓶的标签上。

"我料到今天要为真帆小姐庆祝，特意准备的呢。"

"真的吗？不愧是原来的'月光小姐'啊。"

"我本来是想这么说来着……不过，实际上是顺便买回来的。但是幸好买了呢。"

真帆看着面前的障泥乌贼刺身，问亮太：

"刺身还是要配日本酒吧？"

"是啊。老板娘，来两杯十四代。"

果然是人气爆棚的好酒，十四代的瓶子很快就空了。

"来，最后两杯。这酒跟蔬菜头盘很搭配，也非常适合吃填馅西红柿哦。"

惠从冰箱里取出填馅西红柿，盛到了盘子里。

"这个好漂亮啊，适合做派对料理。"

"今天我做的是沙拉风味，其实，塞进洋葱丝、绞肉和芝士，放到烤箱里烤一烤也很美味哦。"

"谢谢啊，听到了一个妙招。下次我在家里也试着做做看。"

真帆双眼熠熠生辉，跟亮太用玻璃杯碰了个杯。

看到这样的真帆，惠忍不住将她跟晶做比较。

博士后就业问题、律师过剩问题，都是被国家的制度变化牵着鼻子走的结果。从某种意义上讲，真帆和晶都是制度的牺牲品。

但是，真帆得到了一个好的人生伴侣，品味着幸福的同时，她也在继续挑战，不断积累工作实绩。如果晶也能邂逅一个好伴侣，度过幸福的婚姻生活，大概人生就会自然而然地开拓出新的道路吧。

至少不必挂着那么黯淡的脸色生活了……

惠再次在心里希望晶能有一个幸福的婚姻，想帮新见实现他的愿望。希望那对父女能够心灵富足、安宁地度过每一天。

代理婚活，必须努力啊！

惠暗暗给自己重新加了把劲。

136

　　五月末的周日，惠在"结缘父母相亲会"的会场，某酒店大厅里跟新见会合了。尽管当天气温接近二十七度，但是为了尽可能地看上去像一位有孩子的母亲，她勉为其难地穿了一件黑乎乎的单衣。按照穿和服的惯例[1]来说，五月之前应该穿袷衣，不过现在没有那么多人会说三道四了。现在的趋势是，即便是五月份天热的时候，穿单衣也没问题。

　　顺便说一下，被称为"和服警察"的"董事会集团"经常出没挑刺的地方是歌舞伎座和茶道会场，大街上来往的大部分人都没有穿过和服，也不了解那些规矩，现在是怎么穿都对。所以，从某种意义上讲，穿和服比穿其他时装轻松。

　　新见提前到了大厅，正在等她。他身上披了一件夏季的短外套。

　　"今天请您多多关照。"

1　日本和服的形式分为单衣、袷、绵入。袷有衬里，绵入是丝绵夹层的。通常到端午节以后更换夏装，10月到次年5月初穿袷衣。日本女人穿和服喜欢随四季更换服装。

新见深深鞠了一躬，表情因为紧张而十分生硬。

"哪里哪里，请您多关照。"

惠一面回礼，一面觉得幸亏自己陪着来了。让新见一个人跟其他父母交流的话，够呛。

"新见先生，我们放轻松一点。来到这个会场的人，大家是一样的立场，都是自家孩子结婚困难的父母呀。"

这话似乎让新见放下心来，肩头放松了下来。

"这是工作人员让我准备的。只是把手头有的多洗了几张而已，所以并不都是照得特别好的。"

新见从手包里取出一个褐色信封。里面装有十张左右晶的上半身照片。

"听说这个要给那些我们觉得不错的对象看。"

照片是标准尺寸，感觉像是证件照的放大版，很乏味。

"好可惜啊。明明本人比这上面漂亮得多。"

"工作人员跟我说过，说照片很重要，要好好选照相馆。听说有的照相馆照出来的照片，绝对能让相亲和就职成功。"

"真的吗？"

惠感觉人家是跟他开玩笑的，但是新见一脸认真。

"我一开始也不相信。回家上网一查，就找到那家照相馆了，看到有真人和照片的对比。确实，照片将本人的优点全都很好地展现了出来，感觉非常佩服。下次我打算带女儿去那边拍一下相亲照。"

作为父亲十分迫切的这种心理，惠无法一笑置之。

两人一起乘坐电梯，朝会场所在的楼层走去。

铺满了地毯的宴会场大概有一百多个榻榻米¹的大小。入口附近安放着一张长方形桌子，旁边站着婚姻介绍所的五位工作人员。那是接待处。只要报自己的名字，他们就会给一个里面装着序号牌和资料的 A4 信封。此外，又给了一张 A3 的厚纸和一支红色的记号笔。

"请在旁边的桌子上将您的名牌号，您孩子的年龄、最终学历、职业、婚史情况填写一下。如果希望男方入赘的话，请务必写进去。"

1　榻榻米，日式房间里铺的草垫。1 张榻榻米大小约等于 1.62 平方米。

填写完毕之后，他们被工作人员带到了座位上。

面对面摆着三组成排的椅子。参加者似乎超过了一百人。新见和惠的名牌号是 15 号，座位上放了一张写着 15 号的纸。

"请坐，请您看一下资料。不好意思，为了方便让其他人看到，在您看资料的时候，麻烦把这张纸竖着放在膝盖上，可以吗？"

听工作人员这么一说，惠将横放在膝盖上的纸竖了起来。也许这就像是标语牌一样的东西。定睛一看，对面椅子上坐着的夫妻也竖放着一张用黑色记号笔写的纸。上面写着"15 号　42 岁　早稻田大学理工学院　就职于川崎重工　未婚"。

原来如此，简单易懂。而且，让有女儿的父母和有儿子的父母面对面而坐的用心安排也很好。

"如果您有想聊一聊的对象，请确认一下号码再打招呼。之后，请两家移动到后方的桌子边慢慢聊。"

房间的后方，有一半的空间被圆桌占满了。每张桌子周围都配备了四张椅子，所以男女双方的父母可以坐着聊聊。

　　新见认真地读着工作人员给的资料。自上而下排得满满的都是希望结婚的人和他们的简单经历，相当于相亲时的简介。

　　惠也拿过来扫了一眼。自家是女儿的父母拿到的只有男方的资料，自家是儿子的父母拿到的则是女方的资料。每个人最前头的号码大概跟名牌号是一样的。所以，如果看简介发现感兴趣的对象，可以通过名牌卡或者标语牌来找，很快就能找到目标人物的父母。

　　考虑得真周到啊。

　　惠对"结缘父母相亲会"的安排很是佩服。那一定是经过无数次的改善积累出来的智慧。

　　"惠女士，这个人你觉得怎么样？"

　　新见指着名单上的一个名字说道。

　　"28号　45岁　○○大学理学部毕业　就职于××科学研究所　2010年结婚　2013年离婚　没有孩子"。

　　惠从资料上抬起头来。

　　"我觉得他的经历很优秀。"

"工作很靠谱，将来也让人放心。"

"他有过离婚经历，这方面你不在意吗？"

新见十分干脆地摇了摇头。

"想一下这个年龄，结过一次婚是很正常的。而且，不是有句格言嘛，'嫁二婚者，嫁生离不嫁死别'。如果之前的太太是去世的，我觉得怎样都会有对逝者过于美化的倾向。被拿来跟前妻比，作为再婚对象很不利。但是，一般离婚的话，通常是因为讨厌对方而分手，所以……"

"原来如此。您说得很有道理。"

新见似乎比惠想象的要老练通达。这样晶的择婿工作也许会比较顺利吧。

大约有八成的座位上坐满了人的时候，工作人员站起来，拿着麦克风呼吁道：

"各位，人差不多要到齐了，如果有想聊一聊的对象，请一定不要客气，踊跃打招呼吧。"

惠看了看旁边那一列。28 号夫妇面前已经站了两对夫妻。

"新见先生，我们先跟别人聊着，等这边轮到我们再说，怎么样？"

"也是啊。"

新见的目光落到了名单上。

这时，接待处传来了有些慌乱的说话声。

"对不起！电车出事故，我们来晚了……"

"还来得及吧？"

"当然，现在才刚刚开始。请先告诉我您的名字……"

"我是仁木。我们儿子的名字是仁木贵史。"

惠惊讶地转过头去看接待处。

没错，来人正是仁木草莓农场的仁木泰史和雅美两夫妇。

"仁木先生！"

惠从椅子上站起来，往接待处走去。

"玉坂女士？"

泰史和雅美也一脸意外，惊讶地看着惠。

"两位究竟怎么回事？怎么会出现在这样的地方？"

"我们还纳闷呢，玉坂女士是……"

"我今天是陪别人来的啦。"

惠回头看了一眼目瞪口呆的新见，抿嘴一笑，朝他点了点头。

"那位是大学教授，我的一个朋友。他是来为他女儿寻找结婚对象的。因为他太太去世了，说是一个人来心里没底，所以我就……"

"啊，原来是这样。"

仁木夫妇理解了，点头应道。

"仁木先生和太太为什么来这里呢？"

"我们是为了给儿子找媳妇来的。"

"不是吧？！贵史先生还没结婚吗？"

"离过一次婚。离婚都已经十年啦。"

雅美的声音里略带几分难为情地说道。

这番出乎意料的回答，让惠一时不知所措。贵史给人的印象认真、温柔，又诚实。为什么离婚了呢？

"他每天就知道种草莓，丝毫不理会再婚的事……"

"但是，年纪这么继续上去，就会孤零零一个人了。

我们想趁着自己还健在，想办法帮他娶上媳妇……"

"稍，稍等一下。"

惠将双手竖在胸前，让他们暂停下来。

"咱们去那边的桌子慢慢聊吧。我这就给二位介绍一位优秀的儿媳妇人选。"

惠给两人指了指圆桌那边，快速回到了新见跟前。

"新见先生，我找到一个很好的人！"

新见的目光追随着往那边走去的仁木夫妇。

"您认识那两位啊？"

"是的，保证人品靠谱。借我看一下这个。"

惠从新见那里借过来简介看，寻找仁木的名字。她在倒数第二栏找到了"仁木贵史"的字样，便着急地看他的经历。

"1978 年 7 月 3 日出生　AB 血型　2001 年东京农工大学农学部毕业后，就职于睦堂株式会社　2008 年结婚　2010 年离婚后从睦堂株式会社辞职　在千叶县君津市仁木草莓农场从事草莓生产　至今"。

新见在一旁跟着看。

"这位的经历也很优秀啊。可惜因为上面写着农业，所以我从一开始就把他排除在外了。"

"我第一次知道他曾经在睦堂干过。"

睦堂是日本屈指可数的化妆品厂家。后来听说，食品厂家和化妆品厂家的品质管理部门及制造部门经常会雇用农学部毕业生。

"总而言之，我们先去那边聊一聊吧。"

惠催促着新见，移动到了圆桌那里。

"你好，初次见面，请多多关照。"

新见和仁木夫妇照规矩寒暄了一下，互相交换了名片和各自孩子的照片。

"您女儿长得真漂亮啊。"

"而且还是律师，好厉害。我们家儿子可就太……"

仁木夫妇一副已经放弃的样子。大概是在惠跟新见说话的时候，两人事先读过晶的简介了吧。

"我想给晶小姐介绍仁木家的公子，是因为我亲眼见过他，非常倾心于他的人品。黄金周的时候，我带着四个熟人的孩子去摘过草莓。那可真是一个照顾周到的农园。"

惠热情洋溢地给新见讲了讲摘草莓的经历。得知贵史是单身，她马上闪过一个念头，觉得贵史和晶很配。

贵史有经营农场的技能，又怀有想种出更好的草莓的理想。晶的性格充满了正义感，对于律师这个职业也深怀理想，所以才会在理想遭到现实背叛时那般沮丧。

两人应该会性情相投。毕竟一个是金牛座，一个是巨蟹座。而且 A 型血和 AB 型血也很配。

不，不对。惠心中有什么东西开始骚动起来。那东西在窃窃私语：贵史和晶命中注定就该结合。

"我对农业的事一窍不通，但是，小孩子和坐轮椅的人也能够享受到摘草莓的乐趣，真是太棒了。"

新见这么说着，一直盯着贵史的照片，眼神中明显能看出有好感。

"不过，仁木先生和太太，我必须问一个很冒昧的问题。贵史先生为什么离婚呢？"

泰史和雅美迅速交换了一下眼神，看上去像在默默地商量由谁来解释一样。

　　沉默了一会儿之后，开口的果然还是当母亲的。

　　"因为第三者插足。"

　　雅美有些说不出口似的歪着双唇。

　　"当然，是女方那边。我们家儿子算是被骗了吧。"

　　贵史在睦堂上班的时候，在公司的联谊会上认识了其他部门的一位女同事，两人关系很快亲密起来。要说哪一方主动，还是贵史一腔热情，两人就步入了婚姻。但是，那个女人跟公司的上司有婚外情，婚后也没有断绝关系。

　　因为那个女人的同事举报，搞得所有丑事世人皆知。经过一顿天翻地覆的大吵大闹之后，两人离婚了。接着，贵史从公司辞职，继承了老家的农园。

　　"真是一场灾难啊。"

　　惠充满同情地这么一说，雅美不知是不是回忆起了当时的情况，深深地叹了口气。

　　"唉，因为发生了那样的事，我儿子完全不相信女性了。有好几次人家给他提再婚，可是他连理都不理。"

"您儿子的心情我非常理解。被自己信赖的人背叛，伤害是非常大的。"

新见的话里也充满了共鸣。

"我们觉得媳妇可以不必跟儿子一起从事农业。我们还能干，忙起来的话也可以雇用短工。"

雅美接下来的发言让人震惊。

"要是他们本人要求的话，我觉得结婚分居也未尝不可。"

"我也跟我老婆一个想法。分别住在不同的地方，媳妇继续上班，只在周末一起生活，是叫周末婚姻吧？现在这个时代，不得不考虑这样的一些做法，我们也想通了。"

仁木夫妇的思想似乎很先进，连惠都感觉惊讶。不，也许毋宁说，他们已经被逼到破釜沉舟的份上了。

像是要证实惠的想法一样，两人继续说道：

"只是，一想到我们上了年纪去世之后儿子会怎么样，就担心得不得了。如果是孤零零一个人，连个边吃饭边聊天的对象都没有，没人看护就离开这个世界的话……"

"住在城市里的人即便没有家人，也没有什么不方便吧。下班就跟朋友去喝酒，可以做很多事。可是，生活在农村的话，饭店很少，也没有像单位同事那样的人际关系。如果没有家人，是很寂寞的啊。"

仁木夫妇的感叹在新见看来也是感同身受。

"我也是跟您二位同样的心情。这么一直单身下去的话，我死了之后，女儿到底会……我女儿已经三十八岁了，再过几年生孩子都很困难。我想趁我还活着，帮她找到一个可以信赖的托付对象。"

惠把他们的想法汇总了一下，分别看了看新见和仁木夫妇。

"总之，新见先生和仁木先生两口子都同意两个孩子见面，对吧？"

三人都同意说："当然。"

"我再确认一下，如果两位当事人都同意的话，晶小姐在东京继续做律师工作，只在周末跟贵史先生同居，这样的生活方式也是可行的，对吧？"

泰史和雅美毫不犹豫地点了点头。

"这事儿我跟我老婆都商量好了。这边的工作人员跟我们说过,连这点让步都做不到的话,谁会嫁到农户家啊。"

"时代已经不同啦。那也比我儿子一个人孤独死要强得多。"

惠问了问新见的想法。

"我不知道做律师和干农业哪一边更适合我女儿。但是,我可完全没有律师高高在上,干农业就低人一等的想法。所以,如果她放弃做律师,选择干农业的话,我会尊重女儿的意思。"

然后,他正了正坐姿,重新面向仁木夫妇说道:

"就像我希望我女儿能喜欢上您的儿子一样,我更希望您的儿子能对我女儿满意。虽然没有亲眼见过您的儿子,但是两位的孩子肯定不错。我想一定是一个值得信赖的人。如果两人进展顺利的话,我女儿得到的将不只是好的伴侣,还有好的爸爸妈妈。非常希望能出现那样的结果。"

新见的眼睛有点儿湿润了。泰史和雅美也受他感染，眨了眨眼睛。

"这件事就这么定下来啦。那么，好事不宜迟……"

惠从和服小包里掏出手机。

"安排摘草莓就很好。那样的话，两人也能很自然地见面。"

"原来如此。"

新见兴致勃勃地准备站起来，仁木夫妇却遗憾地摇了摇头。

"我们家摘草莓是截止到五月份。"

"啊，是吗？真遗憾。"

"那么还是在东京的饭店里见一见比较好吧？让姑娘大老远跑到我们那里，实在于心不忍。我儿子大学和工作都在东京，所以对东京也很熟悉。"

泰史有些客气地这么一提议，新见立马同意了。

"这个主意不错。反正就是相亲嘛。"

然后，双方父母商量了一下，将孩子们的相亲日定在了下周日，六月七日。就这样迅速约好了。

"接下来就是希望两人能顺利……"

新见如同祈祷一般低语道。

惠有一种预感，觉得他们的进展会很顺利，不过，在那之前，她有一件事想确认一下。

"您二位说过贵史先生对再婚完全没兴趣，对吧？如果跟他说是相亲，他会老老实实地答应吗？"

"这时候我们就要拿出做父母的威严了，就是给他脖子上绑绳子，也要把他拽过来。"

泰史这么打包票，惹得雅美微微一笑。

"不用那么麻烦，我觉得把姑娘的照片给他看看，他就会老老实实地答应。我们儿子别看那样，可是外貌协会的。"

"哎呀，我可是一点儿都不知道呢。"

一阵爽朗的笑声环绕着圆桌。

入口处的门打开了，一位如同绿色微风般的女子出现在店内。明亮的绿色连衣裙随风飞舞。

"欢迎光临！好久不见。"

"好久不见了。从三月以来就没见过，对吧？"

六月一日，新的一周伊始，啊不，新的一月初始，来的第一位客人是柴田优菜。

"最近很忙是吧？"

"托您的福，还好。就是做着没有保险的买卖。"

优菜一面用湿毛巾擦着手，一面环顾店内。

"已经完全到夏天了啊。有冰镇西红柿关东煮吗？"

"当然有。"

"那么，要一份那个。先上一杯柠檬碳酸酒。小菜呢……"

今天的大盘料理是扁豆、毛豆、凉拌炸茄子、煎蛋卷、盐曲炒青椒猪肉。

"来份扁豆吧。还有，这个是什么？青椒肉丝吗？"

"用盐曲炒的。我在网上看到做法的视频，说是放的时间再长也不会变硬，所以就试着做了一下。还是很不错的哦。"

"那么，这个我就单点吧。"

优菜接过柠檬碳酸酒的玻璃杯，举到与眼睛齐平的高度，咕咚咕咚地一口气猛喝。

"呜哇……好爽！"

"啊呀，别像个大叔一样。你可是个大美女。"

"老板娘，一段时间不见，您变得这么会说话啦。今天我要大肆挥霍哦！"

"好期待啊。"

优菜是店里重新装修开张以来的常客。她曾经在四谷的英语会话学校做事务性工作，因为一个偶然的契机，开始改做起和服，没想到在网上销售获得了很高的人气。后来她跟布料店的老板合作，正式开始销售使用和服面料做的时装和小饰物。如今的优菜是品牌服装的设计师兼经营者。她今天穿的连衣裙大概也是自己设计的。材质好像是捻线绸[1]，不过，接近于泰国丝绸手感的这种面料做成连衣裙也毫不突兀，非常合适。

而且，优菜还准备跟那位布料店的老板、共同经营者浅见遥人今年秋天结婚。

---

1 一种丝织品，以蚕茧抽丝捻织而成，在日本多用于制作和服。

优菜喝掉半杯柠檬碳酸酒，将目光投向了今天的推荐菜。

谷中生姜、蚕豆、夏季蔬菜拼盘蘸汁、咖喱风味嫩煎马林鱼块、冷制新土豆奶油汤。

"蚕豆以后就没有了，因为它的时令很短。"

"那就来份蚕豆吧。然后……哎呀，开始有马铃薯冷汤了啊。"

优菜指了指冷制奶油汤。

"我试着挑战了一下，夏天到了嘛。"

"我要吃！夏季蔬菜拼盘蘸汁，一盘的量有多少？"

优菜非常喜欢吃蔬菜，来店里必点蔬菜料理。

"根据你的要求可以调整。半份、迷你小份都行。"

"那就来半份吧。再来杯日本酒。"

"今天有飞露喜和泽屋松本[1]。泽屋非常适合海带汤汁的菜品，所以，配着关东煮喝也许很对味呢。"

"那我先喝飞露喜，要一杯吧。"

---

1 飞露喜和泽屋松本都是知名的日本清酒品牌。泽屋松本在 2021 年日本酒权威评分网站上排名第一。

156

惠将放在冰箱里冷却的汤倒进玻璃碗中，又将切碎的荷兰芹撒在里面。

惠之前偶然走进银座一家西洋风格的居酒屋，小菜端出来了一碗汤。惠当时被那碗汤的高雅感惊艳到了，于是决定在美咕咪食堂里试一下。幸亏第一位尝鲜的顾客是优菜。她不挑食，又非常好吃，而且好奇心旺盛，一上新菜必定会试试。被优菜这样的人享用，感觉料理本身也沾了好运气。

"好好吃，满嘴奶油香。可以知道做这道菜的人没有特别省材料，用足了生奶油。"

"谢谢。这道汤听了也会很开心哦。"

惠将飞露喜的玻璃酒瓶和玻璃杯放到了优菜的面前，把夏季蔬菜拼盘蘸汁盛到给顾客用的容器里，然后放进微波炉加热。

夏季蔬菜拼盘蘸汁是一道只需将蔬菜蘸进热汤汁里就可以吃的料理。这个蘸汁是关键。将大蒜、牛奶、凤尾鱼放进搅拌机里搅拌，再加入橄榄油和生奶油充分混合，最后用盐和胡椒粉调味。这样来做蘸汁，大部分蔬菜都会很好吃。

"简直就是东有腌黄瓜，西有夏季蔬菜拼盘蘸汁的意思嘛。"

今天准备的蔬菜有黄瓜、红辣椒、小萝卜、芹菜和水茄子。水茄子涩味很少，可以生吃。

"晚上好。"

拉门开了，出现在店里的是矢野亮太。

优菜灿烂地笑了。

"矢野先生，好久不见了。"

"好久不见。听说您可是大展身手啊。"

之前告诉刚开始改做和服的优菜去用手机软件进行网上销售的，就是亮太。据说，亮太的妈妈出于兴趣，在网上卖自己做的衬芯布料小物件。所以，他觉得自己妈妈都能做的话，优菜也可以做到。从某种意义上来讲，亮太是优菜的恩人。

"先来一杯柠檬碳酸酒。"

亮太反复看着大盘料理做比较。

"今天真帆小姐怎么没来呢？"

"她参加学习会去了，说是回来会很晚，让我自己来吃。"

真帆专心在家里继续做研究，有时候也会跟同一个学会的伙伴们交流信息。

"新婚生活怎么样啊？"

"挺顺利的呀。"

"刚才听老板娘说，下次要出新书了？"

"下个月就出了。不过是学术书，没法跟你说'欢迎购买'这种话。"

"好厉害啊。前途一片光明。"

"这个嘛……也不太敢那么说。"

亮太如鲠在喉，脸上现出忧虑之色。这在他跟真帆一起的时候没有表现出来过。

"发生什么事了吗？"

惠放下小菜碟子问道。亮太刚选的是盐曲炒青椒猪肉。

"怎么说呢，日本的学会也是家族制的。"

"家族制？"

亮太喝了一口柠檬碳酸酒，轮流看了看惠和优菜。

"假设一个学会中有两位权威的老师。A 老师提倡 A 流，B 老师倡导 B 流。这么一来，A 老师的弟子如果主张 A 流以外的学说，就会被逐出师门。B 老师的弟子如果主张 B 流以外的学说，也会被逐出师门。而且，如果整个学术界被 A 老师一派独占的话，那么，除了 A 流以外的其他学说就都行不通了，好像会被逐出整个学会。"

惠和优菜都惊呆了，简直要大张开嘴巴。

"听说她好像发表了跟自己的老师教授的学说唱反调的研究，所以被教授盯上了，已经被逼到被迫跟所有人对立的份上。她说，想拿到大学的正式职位大概已经不可能了。"

"好过分啊！"

"什么嘛，那是。"

惠和优菜同时叫了起来。

"又不是小孩子欺负人！"

"堂堂大学教授，竟然干那么没有水准的事！"

亮太看到两人如此愤慨，心中的郁闷似乎也发泄了出来。他又喝了一口柠檬碳酸酒。

"不过啊，仔细想一下，她真说对了。不只是学会，日本好像在每个领域都有那种类似家族制的做法。"

优莱不由得把手放到胸口，一副若有所思的模样。

"她这件事让我想起松本清张的小说《真假森林》。那部小说以日本的古典美术世界为舞台，不过，那也简直是一个家族制的世界呢，全都是由权威及其爪牙势力操控着一切。"

惠的脑海中也闪过一个记忆。应该是她的占卜师傅尾局与还活着的时候……

与以自己天生的灵感为武器，作为占卜师大获成功，甚至在政商界也有很多牛人大咖是她的顾客。所以，她并没有那种成为某人的弟子进行修行的经历。尔后，她与当时的女大学生惠相遇，感觉到惠身上所拥有的不可思议的力量，便指导惠作为占卜师独立出山。所以，惠虽然把与当成自己的师傅，如今想来，与好像并没有把惠当作弟子。感觉她是把惠当成了志同道合的忘年交。

但是，自古以来的占卜世界似乎并不是那样的。与曾经说过：

"我虽然没有见到过，不过听说有一本很厉害的占卜学的书。要想达到老师准许你读那本书的程度，非常不容易。听说要住到老师家里，擦桌子、拖地、打扫庭院，才能得到老师的认可。实在是太愚不可及了。"

原来是这样。占卜的世界实际上也是家族制吗？

虽然十多年以前就不再从事占卜师行业了，但是毕竟作为"月光小姐"活跃了近二十年，惠却一直未曾注意到这一点。要说糊涂也真是糊涂，不过稀里糊涂还能做那么长时间，大概全都是托了与的福吧。

"亮太先生所言极是啊。"

惠心情难受，轻轻叹气道。

"之前我们所长说过……"

亮太指的是他上班的会计师事务所的所长。

"听说所长小时候，肠胃药的广告总是会播放'刺激唾液腺激素'那样的宣传词。可是后来突然一下子不提了。他觉得很奇怪，长大以后才明白了真相。"

实际上，所谓的唾液腺激素并不存在。但是，因为已经是学术界的定论了，所以没有人提出修正。直到平成年代，才总算取消了这种说法。

"听完你说的，感觉连医生都没法信任了。这个世界上还可以相信谁呢？"

"好过分啊。"

优菜斜举着手里的飞露喜玻璃杯，突然嗖的一下转向亮太。

"我说，矢野先生。"

亮太也放下手中的啤酒杯，转过头去看优菜。

"我也许有点班门弄斧了，真帆小姐尝试一下在网上发表学说，怎么样？"

"网上？"

"不是有一个叫作土方万作的学者吗？他还在电视节目中做评论员……之前听我的一个顾客说过。"

土方万作是一位社会学者，两年前他写的新书史无前例地成了畅销作品。实际上，土方也是一位博士后，虽然他是研究生院研究室人员，发表了几篇很优秀的论文，但是一直没能在大学里得到正职工作。三年前，他将自己的论文发表到了网上，结果有一家出版社找上门来。最终他把难以理解的事象用通俗易懂的语言表达出来，出版了新书并一举大卖。现在的他与其说是学者，倒不如说更接近于"文化艺人"。

"我觉得这个方式也适合真帆小姐。在狭隘的学会中往上爬，不如在网上获得关注，写畅销书更好呢。老板娘不这么觉得吗？"

优菜这么一问，惠用力点了点头。

"觉得，觉得！绝对是那样更好！"

"不过，我不认为会那么顺利……"

亮太微微地歪了一下脑袋。

"但是，如果就这样在学会里被干晾着的话，我觉得我提的这个办法也可以试试。让自己的学说被更多人知道，对她来说也绝不是一件坏事。"

亮太脸上忧郁的阴影，看起来似乎被抹掉了一些。

"我会跟她说说看的。"

亮太朝优菜点头行礼道：

"谢谢了，优菜小姐。"

优菜羞涩地摆了摆双手。

"谢什么呀。要是能顺利就好了。"

"一定会顺利的！"

此时此刻，惠看到了。亮太和优菜头后方都亮起了一簇温暖的橘色亮光。那是两人跟各自的伴侣培养出来的爱之色彩。

祝愿这两对小夫妻的未来都会辉煌。

惠在心底悄悄念诵道。

苦瓜沙拉，恋爱的味道

这几年来，听说日本的外国游客剧增。像美咕咪食堂这种位于东京犄角旮旯里的小店，也开始受到影响。走在新道街上的外国人越来越多。大概一天一次的频率，会有貌似游客的外国人在经过店门口时往店里瞅。

过不多久，也许会出现成为小店顾客的外国人。等到那时候，只靠动作手势交流，总归是表达不明白的。再怎么笨拙，能用英语解释一下菜品大概还好办一些。

惠用手机查了查关东煮用英语怎么说。最简单的说法是 japanese hot pot。hot pot 是火锅的意思。

"萝卜 is radish。魔芋 is 魔芋，或者 devil's tongue。炸鱼肉饼的英语是 deep-fried ball of fish paste……好长啊。鱼竹轮、鱼肉山芋饼、鱼糕的英语叫作 fish cake，或者 fish sausage。那么，炸鱼肉饼也可以叫 fried fish cake 嘛。"

意识到自己单手拿着手机在叽叽咕咕，惠自觉有些滑稽。

七月份以后，关东煮大锅里的食材加入了新的伙伴，冬瓜。一种毫无特点的淡口蔬菜。因为它经常用于汤菜和煮菜当中，所以用关东煮的汤汁来煮也很好吃。

冬瓜是白色的蔬菜，因此多少跟白萝卜有点儿重复了。白萝卜的时令是在冬天，所以，惠想在夏天用冬瓜替换一下，但还是无法从关东煮里撤出白萝卜。

苦瓜也开始摆到店头了。

今天买回来了今年刚上市的苦瓜，做了苦瓜金枪鱼沙拉。将切得薄薄的苦瓜放入盐水中焯一分钟，去掉水分，然后跟金枪鱼和切成薄片的洋葱搅拌，用蛋黄酱调味即可完成。这道菜比苦瓜炒豆腐简单一些，这一点惠比较满意，正好适合做大盘料理。网上的菜谱写着"不喜欢吃苦瓜的人也没问题"。

感觉最近的苦瓜苦味淡了很多。想当年刚刚开始在东京能买到苦瓜的时候，那可真是当之无愧的"苦瓜"，印象中那股苦味比现在强烈得多。

"这么说起来，青椒也变得不苦了呢。西红柿也越来越甜……"

又自言自语了，惠苦笑。照这样上年纪的话，大概就会变成自己小时候觉得奇怪的那些"一个人叽叽咕咕的老人"吧。

"你好！"

玻璃门被拉开了，走进来的是浦边佐那子。

"欢迎光临！这几天好热啊。"

"真的呢。最近日本的夏天简直就跟亚热带一样。"

佐那子在眼前的座位上坐下来，惠给她递上了凉凉的湿毛巾。

"不知道是不是因为全球变暖。"

"嗯……请先给我杯生啤吧。用最小的玻璃杯。"

佐那子一面擦手，一面看着大盘料理。今天的五道菜是扁豆、苦瓜金枪鱼沙拉、腌泡汁红辣椒、煎蛋卷、盐曲炒青椒猪肉。

"小菜要红辣椒吧。颜色鲜艳，很有夏天的感觉。"

佐那子喝了一口啤酒，轻轻吐了口气。

"这个月开始，关东煮里面有冬瓜了。"

"冬瓜关东煮吗？比较少见呢。"

"很对味哦。现在这个时期，比起白萝卜，我更想推荐冬瓜。"

"那就一定要尝一下了。然后，今天的推荐菜……"

佐那子的目光游走在挂于墙壁的黑板上。

鲈鱼（刺身或蘸汁片）、玉米、填馅西红柿、芝士烤绿皮密生西葫芦、马林鱼排。

"要份鲈鱼吧……做成蘸汁片。"

"好的，知道了。"

将鲈鱼的刺身摆到盘子里，浇上一圈橄榄油，撒上盐和胡椒粉之后，再撒入削碎的青柚皮。满盘散发着青柚淡淡香气的清爽夏日感。

"有什么酒？"

"今天准备了王禄和矶自慢。两种酒跟鲈鱼都是绝配。"

"那么，就要王禄吧。我还没有喝过这种酒呢。"

惠听后开心地笑了。

"忘记在哪里读到过。说是法国人赞扬日本女性在吃方面的好奇心非常旺盛，觉得这样非常好，说日本的女性不保守，爱挑战自己没有吃过的东西。"

"虽然不知道是哪位说的，不过还真是会表扬人。难怪法国人走到哪里都吃香啊。"

佐那子开心地将王禄倒进了玻璃杯里。

"话说，新见先生的女儿相亲怎么样了？"

"很顺利。"

新见晶和仁木贵史在六月七日见了面。第一次见面是在一家酒店的茶室，父母也一起见的。之后两个人单独出去吃了饭。

"听说那次之后，两人每周日都在约会。"

"看上去能成吗？"

"每周都见面，应该彼此不讨厌吧。而且，新见先生对仁木先生非常满意。说他诚实又很会替人着想，这样就可以放心地将女儿的未来托付给他了。"

"那可真是高度评价啊。明明只见过一面。"

"肯定是双方脾气相投吧。"

惠自己也只是跟贵史见过一面而已，但却确信他是一个值得信赖的人。与其说是作为占卜师的判断，倒不如说是做关东煮店老板娘的经验告诉她的。

"快的话，说不定下个月就求婚了。"

"大概会吧。如果有结婚的意思，一般三个月以内就会求婚呢。"

佐那子的话里充满了自信。估计是因为她年轻的时候，有过被不少男人求婚的经验。

"但是，仁木先生挺绅士的。所以，他也许会有所顾虑，很难说出口……"

佐那子将手放到嘴角，呵呵笑了。

"就算是绅士，该出手的时候也会出手的。跟自己爱的女人求婚还犹犹豫豫的，那就不像个男人啦！"

"说的是啊。"

如果贵史不积极主动就不好办了。依惠之见，晶一直感觉结婚离自己还远。因为她长这么大一直都没有设想过结婚，所以，即便眼前突然出现了一个相亲对象，她也看不到通往结婚的康庄大道。即使对对方抱有好感，也没有勇气主动迈出一步。

"晚上好！"

172

新进来的客人是净治大学教授新见圭介。

"啊呀，说曹操，曹操到。"

佐那子用手指了指旁边的座位。新见跟她点头道谢后坐了下来。

"听说您女儿相亲挺顺利的，恭喜恭喜。"

"谢谢。这要多谢浦边女士关照。"

然而，道谢之后的新见，脸上表情有些黯淡。

"有点儿讽刺。好不容易开始进展顺利，谁知又遇到了绊子。"

"啊呀，难道是出现情敌了吗？"

新见接过惠递过来的湿毛巾，摇了摇头。

"是工作啦。"

惠和佐那子都不明所以地看了看新见。

"是这样的。新来了一个案件，一位律师前辈提拔我女儿给他当助手。因为是第一次接手这么有价值的工作，所以我女儿斗志满满，把前天的约会给取消了。"

新见的表情显得十分沮丧。

"具体情况我不太了解。听说今年年初，有一个年轻女孩自杀了。她父母认为是职权欺压[1]导致孩子自杀的，要起诉公司。我女儿因为没有接触过关系到人生死的重大诉讼，所以已经忘我地投入到案子里了。"

"真是很不容易的工作啊。"

"我觉得，这确实是一个必须认真对待的工作。而且，听说死去的那姑娘是净治大学的毕业生。对我来说，也并不是完全事不关己。但是，我可能要说句不慎重的话了。感觉这么一来，就像是我女儿和贵史两个人本来有更加接近的机会，却被泼了一瓢冷水一样。如果贵史君因为这个原因，热情冷却下来，难得的一个缘分就会跑掉……"

新见暂停下来，要了小杯的生啤。

"小菜给您上什么好呢？如果不讨厌的话，给您推荐苦瓜。"

"请给我扁豆吧。"

日本的中老年男人通常都不会碰自己不熟悉的味

1　指上司等利用自己的权力给下属施加过分的压力。

道。所以，很多人对苦瓜和香菜敬而远之。

"但是，晶小姐现在手头上有个很大的案子，这件事仁木先生也是知道的吧？"

"我想，她可能已经跟他说过了。"

"那不就没有问题了吗？仁木先生是非常明白事理的人，也不是急性子，我觉得他会耐心等着的。"

"不过，必须保持密切联系。约会被对方取消了，也许会伤到男方的自尊心呢。以前的话是打电话，现在就是发短信吧。"

佐那子干脆利落地说道。

"如果想拴住男人的心，让他们保持好心情也很重要哦。'并不是工作比你重要，而是两边都很重要，但是眼下有我无论如何都想挑战的工作，等告一段落，我一定会补偿你的'，像这样解释一下。"

新见眼里浮现出叹服之色，看了看佐那子。

"说的是啊，确实是那样。我回去就跟女儿好好说一下。"

佐那子不只是貌美，还十分有手腕，惠也完全被折服了。

"嗯……今天的推荐菜……请给我来一个鲈鱼刺身和玉米吧。玉米是烤的还是蒸的？"

"是蒸的。要不要给您稍微熏烤一下？"

"拜托了。麻烦涂上一点儿酱油……我喜欢吃庙会上那种烤玉米。"

不知是不是因为多亏了佐那子的建议而从担忧中解放出来了，新见已经完全恢复了劲头。

"话说，浦边女士，您那边的婚活进展得怎么样？"

佐那子脸上浮现出了开心的笑容。

"其实啊，我前天参加了一场很有意思的婚活呢。"

她停顿一拍，确认完自己的演绎效果，再次开口道：

"终活 [1] ＆ 婚活派对！"

惠和新见同时发出了不明就里的声音："哈？"

1　终活是指中老年人为临终做准备而参加的各种活动，这个词首次出现在2009 年的《朝日周刊》上。2013 年，日本各地开始流行终活，人们参观火葬场，向专业人士学习如何写遗嘱、拍遗照，正面面对死亡。

"大家一边参观各种类型的墓地，一边进行婚活。好有意思啊。"

但是，突然冒出来个墓地，让人挺难接受的。

"到了这个年龄，婚活也就意味着直接进入终活了嘛。"

佐那子如同看透了惠的心情一般，语气平和地说道。

"我的第二任丈夫是再婚的。所以，他的太太还在他那边的坟墓里，我觉得那边的孩子们也不会欢迎我进去。虽然我是他们父亲的太太，但毕竟不是他们的母亲。老家那里已经到了外甥那一代，我也不好意思让人家把我放进去。所以我就在琢磨自己死了以后怎么办，也考虑过最近流行的把骨灰撒到海里的做法。但是我女儿们说，'没有一个扫墓的地方，会很寂寞的'。"

听说佐那子初婚时生了两个女儿。

"两个女儿都已经结婚了，不可能会继承我这边的墓地。所以，不需要很大的地方，位置也不能太偏。离市中心太远的话，去扫个墓很费劲。"

听她说，他们周日的"终活＆婚活"会，转遍了市区各种各样的墓地。

"虽然都叫作墓地，但是有很多不同种类呢。有寺庙打理的墓地、陵园、骨灰存放处……也有一个人用的墓。"

明明是在聊有关坟墓的事，佐那子的语气却始终很明快。

"看到让您满意的地方了吗？"

"就前天看到的那些来说，骨灰存放处感觉最合适。"

听到骨灰存放处，惠脑海里浮现出一个景象：放着遗骨的一个个小骨灰盒在架子上摆得满满的。

"这让我很惊讶。骨灰存放处也有各种各样的呢。基本上就是将遗骨收纳在一个建筑物当中。"

大致分类的话，有锁柜、佛龛、自动搬运这三种形式。锁柜顾名思义，就是将遗骨收纳在锁柜里的一种形式。佛龛形式是收纳遗骨的佛龛全都摆在一起。自动搬运形式就像立体停车场一样，会把收纳在同一个地方的遗骨搬运到参拜的地方。

"我看中的是自动搬运形式，方便在市中心车站附近参拜。而且就我一个人占那么大的佛龛，总感觉太夸张了。"

惠听着佐那子的话听入迷了，之前放到烤箱里要给新见的玉米开始冒烟了。惠赶紧打开盖子，将玉米挪到盘子里。酱油的焦香味溢满了整个店内。

"您这番话说到我心里去了。试想一下，我也是差不多的情况。孤身一人，没有孩子。但是，关于墓地的事，至今从来没有考虑过。"

"你还年轻呢，当然不用考虑啦。"

佐那子莞尔一笑。

"没那回事。要是人均寿命五十岁的那个时代，我现在已经是死人了。"

新见的眼神飘远了。

"听了浦边女士的话，我想起来以前的一个同事。听说他去年做终墓[1]了。"

惠第一次听到这个词。

1　终墓是指拆除并移走现在祖先、亲属的坟墓，然后将墓地归还给寺庙或陵园。

"什么是终墓啊？"

"好像是把墓地连根撤走。听说他出生于大分县，独生子。他父母长眠在故乡的墓地里。但是，他生活的根据地却在东京，没法守护先祖的墓地。于是，他就在附近的陵园里给自己和家人买了一块墓地，并且把父母和祖先的遗骨也都移了过去。"

佐那子用充满同情的声音问道：

"那恐怕很不容易办到吧？没有跟寺院那边引起纠纷吗？"

"听说闹得很厉害呢。那边谴责他说祖祖辈辈的坟墓都要挪走，算什么事嘛！不孝顺也要有个度。甚至还说他会遭到佛祖惩罚的。"

"啊呀，天哪。"

"他也上火了，说是本来想到法院告他们，但是考虑一下，还是想跟寺院稳妥地断了干系，所以除了付给他们撤出的费用之外，又包了个大红包作为布施交给他们，才算完事。"

虽然事不关己，但是惠听得义愤填膺。

"好过分啊。想不到侍奉神佛的人还能做出这样的事情。"

"简直了。只能说我这同事太值得同情。"

"能那样做到终墓，是个很有良心的人啊。有些人直接放弃祖先的坟墓，使它们成了无缘墓[1]。据说有一个地方，不记得是哪个地方城市了，有六成的坟墓都成了无缘墓。"

新见点了点头，目光停留在了佐那子的玻璃瓶上。他抬头看着惠说：

"有什么日本酒吗？"

"王禄和矶自慢。佐那子女士正在享用的就是王禄。"

"那我也要王禄吧。"

"一杯吗？"

"嗯，先来一杯。"

惠给新见上了王禄之后，问佐那子：

"关东煮来点儿什么呢？"

1　指义冢，无主坟地。

"首先要一份你推荐的冬瓜吧。然后是海带、魔芋、鱼肉山芋饼、油炸豆腐、炸鱼肉饼。"

"winter melon、kelp、devil's tongue、fish cake、fried tofu、fried fish cake，thank you！"

新见笑出声来。

"你这是突然怎么了？"

"不是最近外国顾客越来越多了嘛，我想我这儿也至少得能用英语解释一下关东煮吧。"

新见和佐那子瞬间对视了一眼。两人的表情似乎都在说："这家店就不必操那些心了吧。"

"当然，我也觉得自己杞人忧天了。不过，毕竟现在是连新宿黄金街上都是外国客人成群的时代，所以我想，能准备的话就准备一下呗。"

"这么说也是啊。现在确实是走到哪里都能看到外国游客在溜达。"

"我小的时候，不去银座那一带是看不到外国人的。时代真的变了啊。"

新见喝光了玻璃杯里的王禄，看了看惠。

"我也要点关东煮。刚才说有冬瓜，对吗？"

"是的，虽然关东煮里不太会放冬瓜，不过很好吃哦。"

"冬瓜也是我喜欢吃的。然后再要个牛筋和葱段金枪鱼。还有……鱼丸。"

惠一边往盘子里盛关东煮，一边在脑子里回想：鱼丸的英语是不是 fish ball 来着？

那天生意十分红火，打烊之前，吧台的客人换了三拨。这般顾客盈门不大多见。

惠将营业时间延长到了十点多，全力以赴地接待客人。

刚出门想要收起帘子，她就看到了对面道路上的真行寺巧。

"晚上好。"

惠刚想问他："这么晚来，怎么了？"又作罢了。他不可能没事大老远来新道街。

"今天很少见嘛，不是一向早早关门的吗？"

"偶尔也会有这样的日子啦。请进。"

惠将真行寺招呼进店里。

"吃点儿关东煮吗？"

还剩下一点点充分入了味的白萝卜和魔芋。

"不，不必了。我很快就走。"

真行寺在吧台边坐下来，跷起了二郎腿。惠刚想给他倒啤酒，他摆摆手拒绝了。

"其实是我工作上遇到了一点麻烦事，这个月估计没法跟大辉见面了。你能不能替我去一次？"

"小事一桩啦。"

惠很快考虑了一下日程安排。如果是暑假前带出去玩的话，只有十二日和十九日的周日有空。可能的话，她想把之前去摘草莓的三个孩子也一起带上。

"作为感谢，我会再给你送牛舌的。"

"那时候真是承蒙款待了。托您的福，顾客们都赞不绝口呢。"

好评如潮，都没法收场了。即便有客人提出"希望再给做一些"，惠也不舍得采购那么高档的牛舌。如果勉强买了，很快就会出现财政赤字。

"下次有时间的话，过来吃哦。没能让赠送者尝上一口，过意不去啊。"

本以为真行寺又会嗤之以鼻，谁知他居然默默地点了点头。他一向态度傲慢、喜欢讽刺人，今天却出奇地温顺。

反而让人感觉不舒服……

惠重新端详真行寺的脸，突然觉察到一种异样感。他的表情中有一丝阴影。

"话说，之前你说的让爱正园的孩子们去农场实习的事，怎么样了？"

惠故意声音明快地问道。她跟自己说，那只是自己想错了。因为真行寺是那种罕见的运气非常好的人。

"爱正园应该跟仁木草莓农场说过这件事了吧，没有听到被拒绝的消息。我觉得到了暑假就可以实现。"

"是吗？那就好。"

如果接待的是贵史，肯定会给孩子们带来好的影响。也许会出现对农业感兴趣的孩子。

"说起来，仁木草莓农场的年轻农场主现在正在参加婚活呢。"

真行寺墨镜边缘露出的一边眉毛往上一挑。

"谈的对象是大学教授的女儿，做律师的。而且还是一位美女。"

"那可真是让人羡慕。"

听不出丝毫羡慕的口气。大概是因为"结婚"这个选项已经在他的人生选择中缺失了吧。未曾结过一次婚的事实道出了他的人生观。

"给他们两人牵线的是我哦。"

惠略带几分夸张地将自己和新见一起去代理婚活现场所发生的事情说了一遍。真行寺轻轻笑了。

"你别光是操心别人，自己也参加一下婚活怎么样？等顾客全都结婚了，你又要被人家甩下了。"

"不要说些不吉利的话，我已经有这种预感了。"

观察一下真行寺，脸上的阴影似乎比刚才淡了一点儿。

"但是，要是真那样的话我也会很开心啊。希望佐那子女士、麻衣女士和新见先生他们都能喜结良缘。"

惠直截了当地问道：

"发生什么事了吗？"

真行寺像外国人那样耸了耸肩。

"当然啦。哪里有无事发生的人生。"

"是不是被卷进什么麻烦事了？"

"也不少见了。这个工作本来就是跟麻烦打交道。"

"请不要岔开话题。事态的严重程度已经写在你脸上了。"

真行寺哼笑了一声。

"看来还是骗不过占卜师的眼睛吗？"

"原占卜师。"

真行寺从椅子上下来，离开了座位。

"确实是有点儿麻烦。关于那件事，我不能说自己完全没有责任，但是，要说错误全在我们这边也不合理。就这么个情况，这件事就要上法庭了。"

惠在脑中咀嚼着真行寺的话。

"也就是说，你被人莫名其妙地告了，要打官司是吗？"

"嗯，算是吧。"

真行寺从墨镜后面看着惠说：

"我倒是没有什么好担心的，就是担心大辉。如果公司的名字被媒体报道了，大辉也许会遭受打击。要是出现那种情况，就拜托你了，留心不要让大辉心里受到伤害。大辉体验过的悲痛已经够多了。"

跟平时的真行寺不同，这些话里充满了温柔之情。

"知道了，没事的。"

惠斩钉截铁地答道。

"那么，真行寺先生，你是因为什么被告了呢？"

"明天早报上会登出来。"

这么说完以后，真行寺马上抬脚，头也不回地走出了店门。

惠怀着不安回到了家里。

第二天早上，惠一睁眼便立即从邮箱里取来报纸，回到屋里翻到了社会版面。

"女性公司职员　遭遇职权欺压而自杀"

首先映入眼帘的，是一张年轻女孩的照片和一个标题。接着导读上写的是："大楼租赁业界的大企业'丸真Trust'营业员和田日奈野小姐（24岁），自杀的原因是遭遇职权欺压吗？"

根据报道所写，和田日奈野今年一月从丸真Trust的大楼屋顶上跳楼自杀。她留下来的日记里写了自己被工作逼得很紧的心境。她的父母将公司告上了法庭，要求道歉和赔偿。

丸真Trust这边的意见是那种十分常见的套话："还没有见到起诉书，公司暂时无可奉告。"

惠从报纸上抬起头，突然想起新见说过的现在晶小姐正在处理的那个案子。

今年年初……年轻女性自杀……职权欺压……父母状告公司……

这些词串联起来，事件全貌浮现出来了。起诉真行寺公司的原告辩护律师正是晶。

"不会吧？！"

惠出声嘟囔道。她的目光投向了扔到一边的报纸上，一种不祥的预感正在一点点地扩散开来。

当今这个时代，一旦员工因为职权欺压自杀，所在公司遭受的舆论会非常严苛。公司内部体制的不健全将被严厉追究，恐怕会成为众矢之的。作为社长的真行寺也会被追究经营责任。

丸真 Trust 应该会配备优秀的律师，所以，对于法律判决本身也许比较有利。但是，既然员工当中出现了自杀的人，公司的形象就会不可避免地变差。

也没办法，那个人原本给人的印象就好不到哪里去，也许不会在意吧。不过，员工们可就太可怜了。

惠将报纸重新叠好，沉思着。

心里这番焦躁不安的不祥预感到底预示着什么呢？她明白，真行寺身上将会有灾难降临。只是，她感觉对于晶也不太好。一位是自己在帮着找对象的女性，一位是对自己有恩的人，惠不希望他们成为敌对关系，她的心很痛。但是，不只是心痛这么简单，还有别的什么东西牵扯其中。

惠闭上眼睛，集中精神，动也不动地等待良久。然而，什么都没有看到。

惠放弃了，睁开眼睛站了起来。

中央区的京桥二丁目位于东京地铁京桥站和东京都营地铁宝町站中间一带，周围办公大楼鳞次栉比。新见晶上班的锅岛法律事务所就位于其中，在并不太新的大楼的三楼一角。

"你好，有人吗？"

惠在走廊上这么问了一声，转动金属材质的门把手，房门吱呀一声就被打开了。

楼面后方被屏风隔开了。眼前的空间里并排放着八张相对摆放的办公桌，墙壁被放资料的橱柜占满了。桌旁只坐了男女三人，那三人一齐抬起头，朝惠看去。

"你好。请稍等一下。"

最跟前的座位上坐的是晶，她欠身说道：

"不好意思，我去吃午饭了。"

说完，她将放在夹子里的资料往包里一塞，站起身来，点了点头。

惠这个时间来拜访晶，是上午打过电话预约的。"我有事想跟你聊一聊，边吃午饭边聊也行。"她找了这么个借口，实际上是想获取情报。

在距离这家事务所大约两百米的地方，有一家乌冬面名店，叫作美美卯。于是惠就在那边预约了午餐。

"我预订了乌冬面火锅套餐。这么大热天的，你看行吗？"

晶慌忙摇了摇头。

"不，哪里的话。我总是吃便利店的饭团或者方便面凑合。这样太感谢了。"

然后她看了看手表，有些不好意思地补充了一句：

"非常抱歉啊，我必须在一点零五分之前返回办公室……"

"没问题。我们提前十分钟出店门。"

惠用心观察着晶，注意不让她产生怀疑。

新见说过，她是第一次接手这么有价值的工作，所以斗志满满。好像所言不虚。只见她眼中的亮光都不同寻常。虽然忙得有点儿疲倦之色，但是昂扬的斗志又让她显得生气勃勃，整个人并不感觉到憔悴。

"请问？"

晶的神色到底还是有点儿怀疑的样子了。惠慌忙圆场道：

"对不起啊，盯着你看了半天，听你父亲说你最近工作太忙，休息不好，要是过劳死可不得了了。所以我很担心。不过，你看上去还挺有精神的，太好啦。"

晶像是在嘲笑一般，皱着鼻头轻蔑地说：

"我爸太瞎担心了。我又不是被人逼着在工作，是自己感觉有价值才做的嘛。"

这时候，套餐中的三种前菜上来了。

"好啦，总之我们先吃吧。"

惠劝晶动筷子，自己夹了一口菜。

"听说你这次好像做的是一个很大的案子。"

晶手握筷子，有点儿自豪地点了点头。

"是一个年轻女孩因为职权欺压自杀的案件。很过分哦！她是大楼租赁公司营业部门的员工，还是个新人。但是，因为连续好多次招来的都是有问题的租房人，好像是什么由反社会势力经营的店铺，所以她的上司非常生气，责怪说都是她的责任，命令她去解除合同……一个年轻女孩子怎么可能跟反社会势力去叫板交涉呢？完全就是职权欺压嘛。"

晶一口气说完，将前菜一扫而光。她刚把筷子伸到迷你沙拉上时，女服务员来了，开始为她们做乌冬面火锅的准备。

到面汤煮沸还需要一点儿时间。惠在脑海中思前想后。

"那个案件是不是今天早上报纸上登出来的那条？"

晶一边吃着沙拉，一边点头。

"照片也登出来了。那女孩看上去很有魅力呢。"

"而且才二十四岁。"

"为什么会自杀呢？"

惠这么一说，突然意识到这个问题。是啊，那个女孩为什么会自杀呢？

"她不是刚刚大学毕业吗？我觉得工作不顺也不至

于去死吧。那么过分的公司，直接辞职再找一家更好的不就行了吗？"

"我觉得她每天被骂来骂去，精神上被逼得很紧，丧失了正常的判断力。一时间陷入忧郁状态的情况也有很多的。因为职权欺压被逼到自杀的人大都如此。"

晶自信满满地答道。

"冒昧请教一下，那个案子是怎么会到你们事务所的？"

"去世的和田日奈野小姐的父亲是我们所长的朋友，大学同一届的。"

据说两人都是六十岁。日奈野的父亲是公司职员，今年要退休了……

"听说他因为丧女之痛，伤心过度，导致身体都垮掉了，不得不长期住院。所以，本来定好的新工作也作废了……最终，他们家因为那家过分的公司失去了一切，因此非常痛恨。"

晶十分同情地补充了一句。

"而且，她是我爸四月份开始授课的那所大学的毕业生。"

记得新见好像也说过，受害人是净治大学的毕业生。

"嗯。所以，我觉得可能是有什么缘分。"

惠一面往热气腾腾的锅里放入各种各样的食材，一面问道：

"她没有恋人吗？"

"听她的同学说，学生时代曾经有过交往的人，但是分手了。工作以后就完全一根筋地工作，非常拼命。"

"好可怜。如果有恋人的话，也许就不会想到自杀那一步。"

惠放下长筷子，等着食材被烧熟。

"说起来，你跟贵史先生之后进展得怎么样了？"

晶的脸色微红。似乎并不是因为热气飘到脸上的缘故。

"那次之后我们见过几次面。我觉得他是个温柔的好人。"

虽然这个评价模棱两可，但是毫无疑问，晶对贵史抱有好感。她的头后方亮着若有似无的光。

"可是，听说你工作很忙，取消了周日的约会？"

"我爸又多嘴了。真是烦人。"

晶用厌烦的口气说完，从锅里捞出了蔬菜和肉，放到自己的小钵子里。

"不过，我跟贵史先生好好解释过了，已经获得了他的理解。他很支持我，祝我工作顺利呢。"

"今后你也会一直很忙吗？"

"我已经递上去起诉书了，不会比之前更忙的。我们约好下周日见面。"

"那太好了。"

不知为什么，那一瞬间，惠的眼前浮现出了在塑料大棚里，被草莓包围着的晶和贵史的身影。

"晶小姐，你去过仁木草莓农场吗？"

"不，还没有。我一直想去看看。"

"那正好。"

惠的声音兴奋了起来。

"实际上，暑假的时候，儿童福利院的孩子们要去仁木先生的草莓农场体验做农活。正是个好机会，我们一起去吧？"

惠跟爱正园的大友麻衣联系过，确认了农业实习的时间是七月十九日周日。

"以前，我也听贵史先生说过这样的话。他说要是对农业感兴趣的孩子多起来的话，他会很开心。"

"晶小姐去摘过草莓吗？"

"没有去过。我从来没有摘过水果。"

"好可惜啊，难得跟草莓园的园主认识了……"

如果跟贵史结婚的话，大概她就不会再去摘草莓了吧。因为自己家就是草莓园。

两人吃完甜点后，正好是十二点五十分。

"晶小姐，已经到时间了。你还是早点儿回去吧。"

"对不起。今天真是承蒙款待了。"

晶站起来点了点头，小跑着出了店门。

惠看着她的背影，心里琢磨着那个年纪轻轻就选择了轻生的女孩。

当天一开店营业，大友麻衣就来了。

"欢迎欢迎。"

惠打招呼的声音虽然十分热情，但是内心有点儿难为情。因为她是出去吃的午饭，所以今天美咕咪食堂的料理做得有点儿偷懒，简单为主。有些对不住顾客。

"嗯……来一杯柠檬碳酸酒吧。天气太热了。"

麻衣用凉凉的湿毛巾轻轻擦着脖颈。

大盘料理是毛豆、扁豆、煎蛋卷、味噌炒茄子青椒、苦瓜金枪鱼沙拉。毛豆和扁豆就焯了一下水。

"请来一份苦瓜金枪鱼沙拉。"

麻衣咕咚喝了口柠檬碳酸酒，放松地吐了一口气。

"夏天吃苦瓜好啊。好像可以防止中暑。"

"您喜欢吃吗？"

"应该已经吃惯了吧。我年轻的时候，苦瓜在东京还不太常见，不过现在便利店都在卖苦瓜炒豆腐了。"

麻衣一面回忆，一面继续说道：

"青梗菜和西蓝花现在也都很平常，但是我小的时候，蔬菜店里都没有卖这些。"

　　"我也是一到超市卖菜的地方，就会在西洋蔬菜那边考虑半天。宝塔菜啦，菊苣啦，从来没有用过。"

　　"你是不是都不知道以前的白芦笋是罐装的啊？"

　　"稍微记得一点儿。"

　　麻衣听了之后，开心地笑了，抬头看向今天的推荐菜单。

　　夏季蔬菜拼盘蘸汁、填馅西红柿、奶汁烤茄子、马林鱼排（大蒜浇汁或西红柿浇汁）。

　　因为没有去筑地场外市场采购，所以菜单里没有刺身。如果有人提出来，只好老老实实道歉了。

　　"我要个填馅西红柿吧。然后来点儿关东煮。"

　　麻衣吃了一口苦瓜，满意地点了点头。

　　"麻衣姐，那之后婚活进展得怎么样？"

　　"嗯……算是时好时坏吧。"

　　麻衣原本对婚活并不是很积极。是因为惠多嘴，并且受到浦边佐那子的邀请才被拽到那条路上的。

　　"是没什么动力参加吗？"

　　"说实话，一开始确实没有。但是，参加了几次聚会之后，我的想法渐渐改变了。"

麻衣的视线从柠檬碳酸酒的玻璃杯上抬了起来。

"去婚活聚会上一看，发现无论男女，有很多比我年纪大的人呢。不过，大家都在很积极地寻找结婚对象。看到这些情况我才意识到，自己今后也能再活个几十年。"

"是呀。日本女性的平均寿命接近九十岁，人生百年的时代也越来越近了。"

"杂志和电视上有很多这样的信息。之前我一直没有什么切实的感受，觉得跟自己无关。老公去世，连米可也走了。把原来的家处理完搬家以后，不知道为什么，总有一种自己的人生已经结束的感觉。"

惠觉得自己能理解麻衣的心情。惠也有过类似的经历。丈夫跟出轨对象发生事故死了，她又受到舆论的猛烈抨击，丧失了天赐的神奇力量，占卜师也做不成了。那时候的她感觉一切都没了，自己的人生走到了尽头。

但是，从那以后，惠作为关东煮店老板娘开启了第二次人生。从那时候到现在，已经过去十年以上。一个人似乎可以比自己想象的要坚强得多、长寿得多。

"但是，也许我还能再活几十年。那样的话，有个伴侣的生活也不错……我现在渐渐开始有这样的想法了。"

"太好了。"

"不过，年龄大了，大家都会有很多牵绊，所以很麻烦。如果有孩子的话，一开始就要把财产、墓地之类的事情决定好，不然就容易产生纠纷。"

"是说墓地吗？"

惠的脑海里立即浮现出了佐那子。因为第二任丈夫是再婚的，她死后不能进入同一个坟墓，所以她选择购买一人用的墓地……

"实际上，我也是经人提醒才意识到这个问题。如果再婚的话，我的坟墓要怎么办呢？本来打算和丈夫两个人葬在一起，十年前买了位于一个小陵园的墓地。丈夫就长眠在那里。如果我死了不过去的话，他不就是孤零零一个人了嘛。一想到丈夫在那边可能会寂寞，总觉得怪可怜的。"

惠无法嘲笑麻衣。无论如何，她也说不出"反正人已经死了，什么都没了"之类的话。真正能那么想的是少数派。对于"死后能在天堂见到逝去的人"，大多数日本人都在心底深信不疑。惠也是其中之一。也有些人会把这个念想作为自己的心灵支撑吧。

"我觉得如果那样想的话，就会有解决方法的。比如骨灰分葬，分成两份进两个墓地……"

惠的话说一半又咽了回去，跟麻衣对视了一下。然后，两人不知谁先开的头，笑了起来。

"好讨厌啊。从婚活突然说到坟墓了。"

"真是呢。首先要走出去婚活嘛。"

惠笑着回答，同时想起了佐那子的话："到了这个年龄，婚活也就意味着直接进入终活了嘛。"

麻衣的玻璃杯几乎已经空了。

"今天有什么酒？"

"大那和杂贺。"

"杂贺是和歌山县的酒吗？"

"是的。大那是栃木县的酒。两种都是百搭型好酒，适合日式、西式、中式所有菜品。"

"那么，先喝杂贺吧。来一杯哦。"

麻衣就着填馅西红柿，喝着玻璃杯中的杂贺酒。这时，新见和佐那子一起走了进来。

"欢迎光临。"

"我们在店门口偶然遇上了。"

佐那子跟麻衣打了个招呼，在她旁边的座位上坐了下来。新见则在佐那子旁边的座位坐下。

"今天的菜单有点儿寒碜，不好意思。"

"哎呀，没有的事！"

惠在给两人递湿毛巾的时候这么一说，麻衣回应道：

"之前总是会被其他菜品吸引眼球，今天可以专心吃关东煮了。"

"谢谢。"

惠感到自己有幸受到顾客的关照，正是在这样的瞬间。从完全门外汉的时候开始经营，这家小店之所以能维持到今天，全都是因为有顾客们温暖的支持。

"我要杯生啤，最小的玻璃杯。"

"我也要小杯生啤。"

佐那子小菜点了煎蛋卷，新见选了毛豆。

"新见先生，今天我跟晶小姐一起吃午饭了。"

"哟。"

"下下周的周日，麻衣姐工作的爱正园的孩子们要去仁木先生的草莓农场进行农业实习，所以我也邀请了晶小姐。"

"呀，那太感谢了，特意为她……"

"仁木先生的工作是经营草莓农场，所以我觉得，去看一看他工作时的样子比较好。"

"您说得没错。我跟我女儿都对农业一无所知，应该提前学习一下。"

"仁木先生性格非常好。他的农场本来是只让中学生以上的孩子去实习的，但是他说反正也有地方玩，就让我们也带上小孩子过去。去摘过草莓的孩子们都开心得不得了。"

麻衣补充说明了一下。

"您女儿的婚活挺顺利吧？"

"是的，托您的福。"

新见挨个看了看佐那子、麻衣和惠。

"如果没有在这里遇到各位的神奇缘分，我女儿就不会跟仁木先生认识。惠女士也为我们尽力帮忙，真不知该怎么道谢才好。"

"道谢是不是还有点儿早呢？等您女儿顺利地办完婚礼再谢吧。"

佐那子这么逗完他后，向惠问道：

"难道说，差不多已经定下来了吗？"

惠想起了晶头后方亮起来的橘色亮光。那是爱情之光。虽然晶自己好像没有注意到，但是她已经开始爱上贵史了。不过，贵史那边是否有亮光，惠还没有确认。

"这个要等到那周日才能知道。"

"拜托了，想想办法让两个人走到一块儿吧。"

新见双手在胸前合十，一脸严肃地朝惠拜了起来。

"那样的话，我什么时候死都没有心事了，可以放心地去那个世界了。"

"说什么不吉利的话呢！"

佐那子这么一责怪，新见老老实实地低下了头：

"对不起。最近发生了太多让人郁闷的事，也许我有些抑郁了。"

麻衣皱着眉头，安慰道：

"新见先生，不必那么担心。您女儿还年轻。到我和佐那子姐的年龄都还可以参加婚活呢，您女儿有的是结婚的机会。"

"我以前也是那么想的，不过好像不太对。现在我已经深切体会到了，结婚这件事，如果自己不主动追求并采取行动的话，是不可能实现的。"

确实如此，惠心想。

以前有各种助力结婚的方法。人们不必积极参加婚活也能结婚。一到适婚年龄，亲戚、邻近的媒婆都会过来说媒，村镇的青年组织和公司的工会，各种圈子都会创造让年轻男女共同行动的机会，促进他们发展成恋爱关系。但是如今，既没有那种特别的热心人，也没有那样的组织。现在这个社会，只要自己不主动参加活动、追求婚姻，就无法结婚。

"冷酷地说，我女儿在她刚通过司法考试，当上了律师，年龄还不到三十岁的时候，大概价值是最高的吧。那之后就不断地下降，过四十岁就会暴跌。恋爱倒是好说，通过相亲找到喜欢的对象结婚就很困难了。"

惠、佐那子和麻衣三人都不由得点头赞同。

"贵史君是一个值得信赖的人。而且，晶对他很有好感。要是他俩成不了，估计她今后遇上一个比对贵史君还有好感的人而结婚的可能性非常小。所以，无论如何我都想把这件事给撮合成。"

"深有同感啊。"

佐那子十分干脆地说道。

"不把结婚放在眼里的人是结不了婚的。但是，您女儿不是已经意识到结婚问题了吗？那肯定会顺利啦！"

"希望如此。作为老父亲，只有祈祷的份了。"

"还有一点，不知道恰不恰当。我一直是这么想的……"

佐那子一口气喝光了玻璃杯里的啤酒。

"结过一次婚的女人想要再婚的话，一般都能结成，无论多大年纪。"

麻衣露出了苦笑。

"那是因为佐那子姐比较特别啦。"

"不是的。"

佐那子充满自信地环顾其他三人。

"因为结过婚的人有经验值。"

"也就是说，她们了解结婚是怎么一回事了，对吗？"

佐那子对惠的提问，给予了大大的肯定。

"是的。因为了解，所以会踏上同一条路。或者说，也可以选择不去走那条路。不过，人总是害怕走一条自己不了解的路，对吧？"

"确实。"

"年轻人因为有冒险精神，自己不了解的路也能大踏步地走上去。但是，上了年纪的人会增长各种智慧，犹豫不决的想法占了上风，最初的一步就很难迈出去了。"

佐那子看向新见。

"幸亏您参加了代理婚活。如果不主动而是放着不管的话，我觉得您女儿有可能一辈子都结不了婚。"

惠深深赞同。"适龄期"这个说法也并非不得要领。一个人若不再年轻、丧失热情，只去考虑什么"风险管理"的话，不可能会结婚。结婚本身就是极具风险的事。

"老板娘，今天有什么酒？"

惠一说有大那和杂贺，佐那子就要了两杯大那和三个玻璃杯。

"提前预祝一下，咱们干杯吧。"

佐那子跟新见碰了碰杯，喝了一口酒之后，微微一笑。

"新见先生，如果您女儿顺利结婚了，下次是不是就轮到您自己了啊？"

"哎？"

"婚活呀！"

惠不由得想高声叫好："对啊！"

新见的妻子去世三年了。等女儿结婚搬出去，他就

　　要一个人生活了。他还是在职大学教授，长相也十分帅气，就连他女儿晶都把惠误当成他的再婚对象。考虑再婚也是完全合情合理的。

　　谁知，新见却一脸苦相，摇了摇头。

　　"怎么可能？我从来没有考虑过再婚之类的问题。"

　　语气十分坚定。

　　难道是因为跟已故的妻子相处得不好，所以才会排斥结婚吗？

　　惠想这想那，推测着新见的真实想法。

　　"人生可是比我们想象的要长啊。"

　　麻衣深有感触地说道。

　　"即便现在不觉得寂寞，谁也不知道十年后会怎么样。我也是终于才意识到了这一点。"

　　新见流露出了寂寞的微笑。

　　"非常感谢您担心我。但是我一个人轻松自在，挺好的。"

　　惠深感惋惜。新见若是开始参加婚活，大概候补对象会排成一个长长的队伍吧……

当她不经意间看向佐那子时，惊讶地深吸了一口气。

佐那子的头后方亮起了一簇淡淡的橘色亮光。

这个光，难道是？！

惠重新看了看佐那子，又看了看新见。

哎呀呀，不得了。怎么办呢？

失眠的黄油烤扇贝

一月，真行寺巧经营的丸真 Trust 公司一位女员工自杀了。到了七月，她的父母认为是职权欺压逼死了她，提出了控告公司的诉讼。

报纸上第一时间报出来这个消息以后，周刊杂志相继做了报道。接着，报纸也以专题新闻等形式进行了追踪。丸真 Trust 瞬间化为黑心企业的代名词。

周刊杂志上，对社长真行寺也进行了评论。大概是他这个没有任何后盾的富一代，只凭个人力量创办起一家大公司，这件事引起了人们的兴趣吧。

从个人进口销售杂货起家，到低价收购破旧的二手大楼进行改造转卖，大赚特赚。媒体以随意的臆测、夸张，用含有恶意的文字将他的经历报道了出来。惠只是随便读了个大概，"狠压价格买进""骗子地产开发商""收取高额租金""整修不到位"等表达用词映入了眼帘。

　　惠并不完全了解真行寺作为经营者的全部行动，但是，她觉得他不可能比别的同行黑心。确实，惠是受到了他的特别关照，但是，他肯定也给过其他租户不同程度的优惠条件。条件不好的话，租户大概就不会来了吧。听说大楼租赁这一行业，如果没有充足稳定的租户就赚不到钱，而丸真 Trust 一直都能顺利盈利。也就是说，这家公司对于租户来说，并不是什么黑心房东。

　　小标题上写着"充满谜团的私生活"。

　　惠觉得"谜团"这个词用得有点儿过分了。诚然，他不是一个擅长与人打交道的人，态度也不好。但是，他并不是故意对自己的私生活保密，而是因为根本就没有什么私生活。他是一个工作狂，回到家里也只是睡觉而已。况且，一个人过日子……

　　想到这里，惠突然意识到一点。明明两人相识已经三十年以上了，她却不知道真行寺住在哪里。虽然去过几次他的公司，却一次也没有去过他家里。

　　展开的周刊杂志上登着真行寺的照片。因为戴着接近于"黑眼镜"的墨镜，单这一点看起来就让人觉得很可疑，加深了黑心企业的印象。

如果公司的形象变差了，会怎样呢？说不定会导致股票价格下跌？话说，丸真 Trust 上市了吗？

惠叹了口气，合上了周刊杂志。

希望这场骚动能尽快收场啊……

周日的早上天晴气爽。

今天是爱正园的孩子们去仁木草莓农场进行农业体验的日子。惠和晶也参加。

约定的是十点在目的地集合，大家各自从家里通过不同路径出发。不过，JR 内房线一小时只运行四五趟，所以可利用的列车班次有限。结果，大家在千叶站站台上相遇了。

"大辉、小凛、小澪、小新，你们都好吗？"

惠靠近大辉，瞅着他的脸蛋。

"嗯，惠姐姐好吗？"

确认大辉脸上没有任何阴霾后，惠暗暗放下了心。而且，不知是不是受到女孩子们的影响，自己似乎从

"阿姨"升级到了"惠姐姐"。

"挺好的啊。今天虽然没法摘草莓，但是可以跟羊玩呢。"

"玉坂女士，又要辛苦您了。"

带领学生们的爱正园园长三崎照代跟惠寒暄道。虽然惠跟她没有好好聊过，但是她跟惠年龄相仿，又是长年从事儿童福利院相关工作的经验丰富的老师，因此深受孩子们仰慕，也深得员工们的信赖……真行寺曾经这样描述过。

"园长老师才辛苦呢，一个人带这么多孩子，很不容易啊。"

"没问题。她们会帮我打下手，很放心。"

照代介绍了一下两个高中生。两个都是女孩，听说一个上高一，一个上高二。

"而且，几个小学生也都是女孩子大一些，会好好帮着照顾小一点儿的孩子。"

三个初中生都是男孩子，感觉正是顽皮捣蛋的时候。小学生是两个貌似高年级的女孩和一个低年级的男孩。所有孩子都很有礼貌，表情很明媚。

"这位是律师新见晶小姐，仁木草莓农场主人的朋友，今天要和大家一起去参加实习。"

惠这么一介绍，孩子们一齐拍手欢迎。

"大家好。初次见面，我是新见晶。今天请大家多多关照。"

晶的语气有点儿紧张，她快速鞠了一躬。

在内房线列车的颠簸中，他们到了君津站。从那里下车后，又坐上公交车朝农场奔去。从车站到仁木草莓农场大约需要五分钟。

"欢迎光临！"

"终于来啦！"

贵史和仁木夫妇二人走到门外来迎接他们。三人都穿着工作服，满面笑容。

"今天非常感谢，谢谢三位的深情厚谊。请多多关照。"

照代走到仁木三口人面前，深深地鞠躬道谢，三人都赶紧惶恐地摆着手说：

"太不敢当了。热烈欢迎你们随时来我们家哦。"

贵史看见晶，开心地走了过去。

"晶小姐也长途跋涉赶过来，多谢了。"

"哪里哪里，第一次来府上拜访，非常期待呢。"

晶回看贵史的目光比平时都要温柔平和。两人的头后方都亮着明艳的光芒，惠看得清清楚楚。

太好啦！这两人已经没有问题了。

"那么各位，请到办公室里坐坐吧。先喝点儿凉的，休息一会儿，再开始干活。"

贵史环视了一圈孩子们，招呼道。然后，大家一起移步到了办公室，放下行李后，喝了主人招待的冰凉麦茶。

贵史将大家带进了几个大棚中最边上的一个。

"下面要麻烦大家帮忙做好育苗工作。从草莓的母本上剪掉它的分枝孩子，然后放到塑料盆里面栽培。"

惠跟着贵史走进大棚里面一看，发现和上次她在棚里看到过的，双层架子上满是红宝石色的草莓不同。这次是清一色的翠绿。

入口附近放着一个很大的栽培箱。里面有规律地插着挖好了坑的隔板。

贵史将手伸到覆盖着架子的绿叶当中，拽出来一根淡红色的枝蔓。

"所谓分枝，就是在这个枝蔓上长出来的分株。"

枝蔓的中间部位有两三个周围长着叶子的分株，枝蔓的尖端部位也有嫩芽一样的东西冒出来。

"按照离母本由近到远的顺序，这些分株分别叫作太郎株、次郎株、三郎株。请大家把这个太郎、次郎和三郎用剪刀剪下来，一个一个地移到塑料盆里，然后把它们摆到那个台子上。"

贵史指了指放在入口处的带有隔板的栽培箱。然后，他们从母本根部剪掉枝蔓，将它们放进了一个类似冰激凌杯的塑料容器中。这个容器毫无疑问也是园艺用品，容量大约有三百毫升。架子下面分成了几个区域，堆满了塑料盆。

"塑料盆里不用放土吗？"

一个女高中生问道。

"这个问题问得好啊！"

贵史朝提问的女孩微微一笑。

"这个做法叫作扦插栽培，或者无土育苗。把苗挪到塑料盆里，每隔一小时左右浇水，防止草莓苗干死。这样过两周左右，它就会长出根来。之后就把浇水频率降低到一天一次，等苗长大。在家庭菜园等地方是种到装土的塑料盆里的。但是，在以商用为目的大量种植的农户那里，现在这种做法是主流。"

贵史缓缓环顾了一圈，似乎是在确认孩子们是否理解了。然后，他继续解说道：

"等苗长大了，就要把它们定植到塑料大棚的人工培养土里。移植大约在九月中旬进行。开花是在十月份。草莓花雪白一片，非常漂亮哦。等开花了就要让它们受粉。因为不能依靠蜜蜂来授粉，所以就人工用毛刷往上涂花粉。这样授完粉，大约等上四十天，就会长出来红通通的草莓啦。"

草莓出货的工作是从十一月末开始一直到五月份，每天都很忙。贵史以前曾经说过。

"从四月到六月，要种植母本、培养分枝苗，所以整整一年都不能掉以轻心。但是，等到结出好吃的草莓时，就会觉得所有辛苦都收到了回报。"

听着这些解说，晶陶醉般地眯起了眼睛，看贵史的眼神跟看别人时明显不同。

幸亏带她过来了……

惠忍不住想自我表扬。晶只了解休息日时候的贵史，这是第一次看到认真埋头工作的他。倾情于自己喜欢的工作的男人，看起来非常帅气吧。

"总之，大家先试着干吧。如果有不明白的地方，随便问我。"

贵史从工作裤装里取出了剪刀，开始一一分给孩子们。

"那么，你们跟老师到外边玩玩吧。"

照代招呼着大辉那些学龄前儿童，催促着他们走出了塑料大棚。

惠跟在照代身后，转身往后看了一眼。只见晶紧贴在贵史身旁。惠强忍住微笑，离开了塑料大棚。

"园长老师，那边是羊舍，旁边是孩子们玩的地方。"

惠朝羊舍一指，泰史从办公室里走了出来。

"可以的话，我带孩子们看看羊？"

"哎呀，太好啦。不好意思，拜托您了。"

泰史走到孩子们前面，领着他们朝羊舍走去。

"园长老师，我去帮仁木太太搭把手，先走一步。"

惠跟孩子们分开后，走向仁木家的住宅。

仁木家是一座两层的木制建筑，离办公室大约十米的距离。因为土地开阔，比起东京见到的住宅要大一圈。屋顶和外墙都很漂亮，感觉建了不到十年的样子。

"你好！我是玉坂。"

从正门这么一喊，系着围裙的雅美走了出来。

"仁木太太，我帮你准备午餐吧。"

"哎呀，太不好意思啦，那怎么行。"

"请不要客气。我又不是过来当客人的。"

"是吗？那就拜托你了。"

雅美招手让她进去。从正门一直延伸过去的走廊，两侧是一排房间，走廊最后面是厨房。

"没什么大不了的东西。猪肉蔬菜味噌汤、炸鸡块，还有饭团。然后就是自己家里腌的咸菜了。"

"都是孩子们特别喜欢吃的，他们肯定会很开心。"

孩子基本上都喜欢吃炸鸡块，所以爱正园的学生们应该也会很开心。惠挽起袖子，打开水龙头洗了洗手。

煤气灶上的大锅正咕噜咕噜地沸腾着，旁边的煮饭锅直冒热气。那口煮饭锅尺寸比较大，不是一般家用的那种。看样子轻轻松松煮上一升米饭不是问题。做菜锅和煮饭锅看上去都有些年头了，但厨房是实用的整体厨房。

"这锅好大啊，不是普通家庭用的吧？"

"以前有时候会有一些招揽很多人来做的工作，所以需要一个大锅。后来常有摘草莓的客人光顾，就又轮到它出场了。"

雅美一面将味噌放到锅里融化，一面说道。

"煮好米饭之后，就可以炸鸡块了。饭团等到蒸好饭以后再做。"

"您这个厨房挺新的啊。还有洗碗机，好羡慕。"

"九年前重新做的。在我儿子离婚从东京回来以后。"

雅美盖上锅盖，关了火。

"那时候我们考虑到将来，原本想建成二世带住宅 [1]……但是我儿子说没有那个必要，他不会再婚的。"

雅美的脸上掠过一丝寂寞的神色。

"虽然很希望我儿子能和媳妇一起生活，不过大概很难吧。"

惠非常同情她。她虽然在代理婚活的现场曾经说过"结婚分居也未尝不可"，但其实心里大概还是希望儿子能过上普通的婚姻生活吧。作为父母，这种想法非常自然。

但是，每天从君津站去东京上班很不现实。即便想在交通允许的范围内找工作，律师这个职业从业者越来越多，在东京的竞争都非常激烈，很难找到工作了，要在千叶县找到新的对口工作，恐怕也相当困难吧。

而且，晶本来就是有自己工作的律师。她自小在城

1　指孩子结婚后没有独立门户，而是依然和父母住在一起。

市里长大，没有农业方面的经验，很难想象她会舍弃自己的工作，直接嫁到农家。虽然说律师这一行跟以前相比，价值有所下降，但即便是现在，司法考试的难度还是很大的。律师这个职业有一定的社会地位，这一点毋庸置疑。晶也对自己的职业怀有自豪感。

谁知，还没等惠安慰，雅美已经恢复了轻松的口吻。

"麻烦你帮我从冰箱里拿鸡肉出来吧！"

惠慌忙打开冰箱，一大块鸡肉咣当一下，映入了眼帘。

"这些鸡肉有四公斤，麻烦你帮我切成炸鸡块大小。"

"好的。"

雅美把做猪肉蔬菜味噌汤的锅从煤气灶台上端下来，放上了同样非家用的大型中式料理锅，然后从收纳架上取下来一个一千五百毫升装的色拉油瓶子，打开瓶盖，往锅里一气倒进去许多。咕噜咕噜，伴随着豪迈的倒油声，色拉油涨满了整个锅子。

为炸鸡块做准备的时候，饭煮好了。

"等饭到时间焖好了的话，锅就会响的。"

正在炸鸡块的时候，煮饭锅响了起来。雅美转身背过惠，在厨房的地板上铺了一条浴巾，将煮饭锅取下来放到上面。惠没有用过煤气煮饭，看得兴趣盎然。

"嘿呀！"

雅美拿出一个大木桶。那是一个叫作饭桶的浅桶。在做菜的节目当中，它经常在拌寿司醋饭的时候登场。

"这个饭桶也好大啊，跟寿司店里的差不多。"

"千叶县的粗卷寿司是名产哦。特别是房总那边的，自古以来就很有名。所以我们家里也有这样的东西啦。"

一取下锅盖，白色的热气唰的一下子冒了出来。刚蒸好的米饭闪着珍珠般的光亮。雅美用两个木制大饭勺，将米饭从锅里挪到饭桶里。她用右手拿的饭勺舀起米饭，用左手拿的饭勺轻轻压着米饭来移动，以免掉出来。动作麻利又熟练，煮饭锅很快就空出来了。

"我去拿腌菜。"

厨房的旁边是一个存放东西的小屋，据说腌渍食品的桶就放在那边。雅美拿着两个塑料盆子从厨房侧门走了出去。

返回来的时候，塑料盆里满满都是鲜艳的绿色和紫色。那是盐腌黄瓜和盐腌茄子，两种菜现在正好都到了时令。

"午饭做好啦！"

一点多钟的时候，惠去塑料大棚那边喊大家吃饭。

"肚子好饿！"

小学生一马当先，孩子们陆续从塑料大棚里走了出来。

最后面跟着贵史和晶。两人头后方的亮光比三小时前更大了。果然，让晶看一下贵史的工作状态是正确的选择。

"进展情况如何了？"

"已经完成三分之二左右了。大家都很认真努力，帮了大忙啦。"

贵史笑容满面地回答道。一旁的晶眼睛里也闪耀着骄傲的光芒。

"剩下的活一个多小时就可以干完。吃完午饭以后，再辛苦大家加一把劲，把它完成。"

"孩子们好像很开心啊。"

这一点从走出塑料大棚的孩子们的脸上就能看出来。

"肯定是因为贵史先生教得好啊。完全没有打击孩子们的斗志。"

晶仿佛自己受到了表扬一般，脸上笑开了花。

午饭是大家聚在一起，在上次吃烧烤的带屋顶的小亭子里吃的。金属网的上方放着板子，简单改造成了一个很大的饭桌，上面摆满了饭菜。猪肉蔬菜味噌汤是连锅一起端过来的，其他饭菜放到纸制大盘子里端了出来。饮料除了麦茶之外，还有果汁和可乐。

"开动啦！"

孩子们一个个展示出旺盛的食欲，将饭菜接二连三地都干掉了。饭团、猪肉蔬菜味噌汤、炸鸡块，应该都是准备了充足的量的，但是他们吃得几乎都没有剩下。

"吃得真让人欢喜啊。"

雅美看着一扫而空的大盘子，声音里充满了兴奋。对于做饭的人来说，看到吃饭的人吃得津津有味、大快朵颐是无比幸福的事。

"好啦，我们继续干活吧？"

贵史这么一招呼，孩子们干劲十足地从椅子上站了起来。

"请问……"

在塑料大棚里提问的那个女高中生看着贵史，小心翼翼地开口问道。

"栽培草莓还有好多其他的工作，对吗？"

"是的。春天要进行母本的定植和草莓苗的培育。夏天要做今天这样的育苗工作。九月要对长大的草莓苗进行定植，十月要授粉，十一月开始到第二年的春天，要专注于收获和出货。"

"我们可以再来吗？其他工作也想做做看。"

"好呀，非常欢迎。"

女高中生像是松了一口气一样，笑逐颜开。

参加育苗的孩子们跟贵史一起返回了塑料大棚，大辉他们四人由照代和泰史带着继续去玩。

惠帮雅美收拾了饭桌。

育苗工作结束，孩子们做好了回家的准备是在四点多的时候。君津站在四点三十五分会有经由总武线开往逗子的快速列车发出，四点四十七分的时候，会有开往新宿的特快列车小波号发出。

"我开车送你们过去。"

贵史爽快地说道。

仁木家除了一辆普通的能坐五人的家用车之外，还有一辆大面包车。贵史坐到了面包车里，而泰史坐到了家用车的驾驶座上。

"中小学生和幼儿园的孩子坐大车哦。园长、玉坂老师和两个高中生坐我老爸开的车。晶小姐就坐这边的副驾驶座，行吧？"

两人互相打趣着，坐进了大面包车里。仅仅半天时间，两人好像已经从"交往对象"发展成了恋人关系。

在君津站跟贵史父子俩告别后，惠一行人坐上内房线列车朝东京返回了。

一坐到座位上，孩子们到底是累了，年幼的孩子很快就开始酣睡起来。两个女高中生也打了好几次瞌睡，不知何时，渐渐进入了梦乡。

"等爱正园的孩子们在锦糸町站下车后，我有几句话要跟你说。"

惠悄悄跟晶咬了咬耳朵，晶立刻点了点头，什么都没有追问。

锦糸町站离得越来越近了，照代叫醒了孩子们，催促他们做好下车的准备。要返回爱正园，必须换乘东武天空树线的列车。

"今天真是非常感谢两位。"

照代在惠和晶的面前鞠躬道谢，孩子们也纷纷模仿着行礼。大辉来到惠跟前，伸出了右手。惠也握住大辉的小手，轻轻地上下晃动了一下。

"惠姐姐，再见了。"

"大辉也要每天开心啊。"

"给巧哥哥问好哦。"

惠一时间差点儿没有反应过来说的是谁，然后才意识到大辉指的是真行寺。

"你叫他巧哥哥啊？"

"嗯。我叫他叔叔，他说我又不是他侄子，不要叫叔叔。"

"原来如此。大辉太会叫人啦！"

被叫作"巧哥哥"，真行寺会是怎样一副表情呢？想象一下就忍俊不禁。

"再见了！"

"路上小心啊！"

孩子们打着招呼，走上了站台。他们一走，不知为何，感觉车内的温度好像都下降了。

"今天很累吧？"

"没有，一点儿都不累。"

晶笑眯眯地回答完后，稍稍压低声音道：

"对了，您说有话说，是……"

"今天看到那些孩子，你感觉怎么样？"

"我觉得都是些好孩子啊。又认真又诚实。"

晶字斟句酌，继续慢慢说道：

"虽然这个说法可能有点儿奇怪，但是我觉得他们都是运气很好的孩子。有讲良心的员工照料，受到了细致入微的照顾……儿童福利院也是有各种各样的。有的地方员工忙不过来的话，就会糊弄对孩子的照顾，有的地方的孩子还会受到员工的虐待。一想到这些……我想爱正园的财政应该挺充足吧。"

"好像是的。听说那边有一位长期给予他们资金援助的慈善家。我听园长老师说的。"

"啊，果然。"

晶的表情和声音里都透出了赞赏之意。

"好了不起啊。虽然这样的事很难做到，但是如果有更多这样的人出现，不幸的孩子们就能获救了。"

"你猜那位慈善家是谁？"

晶一副莫名其妙的样子，皱起了眉头。那表情似乎在说："我怎么知道呢？"

"是丸真 Trust 的社长，真行寺巧先生。"

晶一瞬间睁大了眼睛，下一瞬间明显地面露不悦。

"怎么可能？！"

"园长老师亲口说的，不会有错。"

"他这是在沽名钓誉吧？"

"听说他从一开始一直就是匿名援助，只有园里的责任人，历代园长等几位知道他的存在。"

晶依然皱着眉，抱起了胳膊。

"丸真 Trust 现在是黑心企业的代名词，真行寺社长也被媒体完全当作恶人来报道。不过，这些就是真实情况吗？考虑到他跟爱正园的关系，我觉得也可以有另外的看法。"

"虽然说他一直在匿名捐赠，但是，因为职权欺压导致员工自杀的责任是逃避不了的。"

晶的表情和语气十分严肃，跟贵史一起时的平和情绪已经荡然无存。

"据说阿尔·卡彭[1]还是个模范丈夫呢。不是也有那种对自己人很好的黑社会老大嘛。"

惠不由得苦笑了。晶所说的虽然也有道理，但是惠的疑问完全没有消除。和田日奈野真的是因为职权欺压而自杀的吗？

1　阿尔·卡彭（Al Capone，1899—1947），二十世纪二三十年代极有影响力的黑手党头目。他坏事做尽，但对家人非常照顾。

"她虽然没有留下遗书，但是留下了日记。上面频繁出现来自上司的侮辱和谩骂的内容。就连上司名字的首字母缩写都清楚地写着呢。没错的，自杀的原因就是职权欺压。"

"……是吗？"

这么一来，下一个问题又浮上了心头。将部下逼到自杀份上那么过分的员工，真行寺果真会雇用吗？

位于西新宿高层大厦的丸真 Trust 总部，惠来拜访过几次了。但是今天，整个办公室里却飘荡着跟以前不同的气氛。一种说不出来的不安，还有萎靡不振……

惠在前台报上自己的名字，不久出现了一位女职员，是那位叫作辻井的真行寺的秘书。

"您这边请。"

她将惠带进了社长室，但是真行寺不在那里。

"社长现在正在接待客人，请您稍等一下。"

辻井指了一下房间一角的客人接待处，深深地行了一礼之后，走出了房间。

过了大约三十分钟，真行寺走了进来。

"百忙之中打扰你了，对不起。"

惠从椅子上站起来，鞠了一躬。真行寺还是老样子，一张面无表情的脸，貌似心情并没有受到什么特别的影响。

"怎么了，突然过来？"

他在对面沙发上漫不经心地坐下来。不知是不是错觉，惠感觉他的脸色不是很好。皮肤内里看上去似乎有什么渣滓沉淀。

惠省略了客套话，单刀直入地直奔主题道：

"我可以见一见自杀的和田日奈野小姐的上司吗？一会儿就好，想跟他聊两句。"

这个要求让真行寺面露惊讶之色。

"这么冒昧的请求，不好意思了。不过，我的占卜师……原占卜师的第六感向我提出了这样的要求。"

"明白了。"

真行寺当即同意。他走向里面的桌子，背朝惠，按了一下内线电话。

"给我找一下营业科的丰川。"

然后，他重新转向惠，从墨镜后面盯着她说：

"丰川秀二[1]，四十岁，进公司十八年了。他是营业一科的科长，和田日奈野的顶头上司，也负责新人教育。其他还有什么想问的吗？"

"嗯……他有老婆孩子吗？"

"有。"

"夫妻关系怎么样？"

"我怎么知道？你是占卜师的话，自己占卜一下啊。"

"也对。"

惠苦笑着答道。这时，有人敲门了。

"社长，丰川到了。"

辻井等那位叫丰川的员工一进门，马上关了房门。丰川走到真行寺面前施了一礼之后，便以僵直不动的姿势站在那里。

---

1 丰川秀二，日语读音为 TOYOKAWA SYUUJI，英语姓名顺序颠倒排列后，首字母缩写为 S. T.。

那个模样给人一种面包超人[1]减了肥的印象。眼睛鼻子都是圆溜溜的，大概他的脸以前也是圆溜溜的吧。不过，现在双颊凹陷，皮肤松弛。即便如此，眼神依然温柔，能看出来善良的人品。

惠精神高度集中，努力感受着丰川身上的气息。如果被人痛恨得要死，就会有一种怨恨的残渣留在身上。但是，她感觉不到那种怨恨之念。

丰川被一个素昧平生的人凝视着，十分不自在地扭动了一下身子。

"请问社长，这位是？"

"我的一位老熟人，原来是占卜师，现在也经常发挥着不可小觑的力量。说是要帮助你呢，不会对你不好的。问什么你就老老实实地回答她好了。"

丰川突然毫无征兆地被拽到一位可疑的"占卜师"面前，觉得很困惑，眼神游移。

"我离开一会儿。你们完事了就打内线电话叫我。"

1　日本经典动画片的主角，整张脸都圆溜溜的。

"请问，社长，究竟是……"

真行寺不答一言，匆匆离开了房间。被留在那里的丰川用狐疑的眼神看了看惠。

可以理解。被人起诉，连日来又被媒体跟踪追问，恐怕被折腾得够呛。这种情况下，突然被介绍给占卜师，也许他会感觉没什么好事吧。

惠尽量以十分友好的态度自我介绍了一下。

"初次见面，请多多关照。您觉得我可疑也是可以理解的。但是，我确信丰川先生没有做什么职权欺压的事，所以想详细了解一下真实情况，解除对方的误会。"

丰川的脸色疲惫不堪，无力地耷拉着肩膀。

"您的心意我心领了。不过没有办法啊，去世的和田日记里有我名字的缩写，写了一堆无中生有的事情。她家里人和对方的律师也都认定了是我职权欺压导致她自杀的。"

"那是事实吗？"

"不是的。"

丰川斩钉截铁地回答后，有些怯懦地叹了口气。

"不过，我多次批评过她倒是事实。因为她连续犯了一些低级错误，气得我忍不住大声说她。这样的事也是有的。"

丰川在对面沙发上坐下来，目光落到了地板上。

"和田刚进公司的时候是我的直接下属，是我从头开始教她工作上的事的。她非常认真，工作很有热情，领悟力也高，非常优秀。谁知道……从去年夏天开始，整个人突然变得很奇怪。"

"……您的意思是？"

"注意力分散，无法集中精力做事，总之就是……说是心不在焉好呢，还是破罐子破摔好呢，反正就是不好好工作了，工作中不断出错。"

"您觉得是什么原因呢？"

"这个嘛……"

丰川抬起头来，仿佛在追寻记忆一般，视线沿着墙壁游走。

"会不会是私生活出了问题呢……关于男人之类的。毕竟是个年轻女孩。不过，听说她实际上好像没有交往的男朋友。"

"在公司内部，能不能想到点什么？"

"应该没有人际纠纷。营业一科人数不多，有什么情况我都会知道。"

丰川重新调整好坐姿，跟惠面对面而坐，眼神里已经没了疑虑之色。好像通过这番短暂的交流，他对惠产生了信赖感。

"我可以发誓。我因为和田多次犯重大错误而斥责过她，但是绝对没有没事找事、总挑小毛病去朝她发火。对和田的身亡，我深感惋惜，发自心底觉得她很可怜。但是，要说原因是我利用职权欺压她，这个我是怎么也不能接受的。"

"我理解。"

惠回看着丰川的眼睛。

"我没有感觉到你身上有被人怨恨的气息。所以，我觉得和田小姐并没有怨恨你。她自杀的原因应该另有隐情。"

丰川的表情很快轻松起来，不过，转眼间却又阴云密布。

"非常感谢您。但是，怎样证明这一点呢？我是没有办法了。"

"不要紧。真相一定会浮出水面。"

这并非只是安慰他的话。亲眼见了丰川，听了他的说法之后，惠找到了心中疑问的答案。那个答案，会指引事情向着正确的方向发展。

打了内线电话告知面谈结束，不一会儿，真行寺就回来了。

"辛苦你啦。"

真行寺一句话说完，丰川认真地鞠了一躬，离开了社长室。

"怎么样？"

真行寺再次在对面的沙发上落座。可以从他的语气中听出来他觉得这事挺有趣。

"你一开始就知道吧？丰川先生并没有职权欺压。"

"毕竟是十八年的老相识嘛。"

"那么，为什么不去调查一下去世女孩身边的情况呢？原因不在公司，而是在她的私生活上……你心里明明是这么想的。"

除了公司本身有签了合同的调查公司之外，真行寺个人也雇有十分优秀的调查员。搜查点儿个人信息应该易如反掌。

"对死者穷追猛打，我内心会感觉惭愧的。"

真行寺的表情有些罕见的乖顺。

"和田是我们公司的员工。不管原因是什么，我都觉得她自杀非常可怜。万一暴露了私生活，发现什么污点，她的父母就更无地自容了。一想到这一点，我就不想调查了。"

"但是，这样下去的话，给公司形象带来的影响会很大吧？"

"房地产租赁这一行，跟饮食店和农产品、水产品经营不一样，不会受到流言蜚语的影响。只需要按兵不动，等着媒体消停下来就行。"

他所言虽然不假，但是也有逞强的部分。毕竟在即将被媒体报道出来的前一天，他还特意到店里拜托大辉的事呢。可是，即便惠提出来，真行寺也不可能承认。

"那么，我就权当坐上大船，不必担心咯。"

惠从沙发上站起身来。

"今天谢谢你特意留出时间给我。"

真行寺依然坐在那里背对着她，默默无语地跟她挥了挥手。

"那种事怎么行啊？"

晶目瞪口呆，秀眉上挑。来公司上班的时候，她被惠在楼前截住了，感到非常为难。

"无论如何请想想办法，拜托了。"

惠抱定了不让步的决心，坚定相求。

"我可是受到你父亲的委托，都特意去参加代理婚活了。所以你才能够跟贵史先生相遇，不是吗？"

"不要说那种要人感恩戴德的话呀。"

"我是故意这么说的。你就权当报恩，听一下我的无理要求吧。"

之后也是这般反复交锋，最终惠获得了胜利。

晶有些不甘心地撅嘴道：

"我结婚的时候不会叫你的。"

"啊呀，恭喜啦！已经定下来了，是吧？"

惠轻轻跳了起来，夸张地表现着自己的喜悦。

"那倒还没有。不过他向我求婚，我已经答应了。"

"太好啦！你爸爸肯定会很高兴。"

"我还没有跟我爸汇报。一告诉他，就会这事儿那事儿地嘟囔个没完。所以，等等再说……请不要告诉我爸哦。"

"知道了，我保证。啊，这次不用感恩啦。"

"假惺惺！"晶嫌弃地说了一句，走进了办公楼。

和田日奈野的老家位于逗子市，一个叫作披露山庭园住宅的高档住宅区。正如田园调布一向的风格，这个地区也是既有自古就有的约一千平方米的大宅子，也有将原来的用地规划出小区域而新建起来的新兴住宅区。和田家明显是后者。

日奈野的爸爸一直在横滨的一家公司上班，直到退休。日奈野自小在横滨上学，上到高中。她从大学开始离家来到东京，一个人住在东京的公寓里。

"厚着脸皮非要过来打扰，非常抱歉。"

"哪里哪里，劳您大老远特意赶过来，非常不好意思。我想我女儿肯定也会很高兴。"

惠在佛龛前的榻榻米上，双手拄地施礼。对面日奈野的母亲也同样双手拄地。虽然上了年纪，但是这位母亲的长相和她女儿如出一辙。

惠递上奠仪礼金，日奈野母亲双手捧过说："谢谢您费心。"

"我在报纸上读到日奈野小姐的报道，简直难以相信，心想至少能为她上一炷香也好，就联系了律师小姐。"

惠来拜访之前设计了一个借口，说自己是"去年之前一直跟日奈野小姐住在公寓的同一层楼，相处得十分融洽。后来因为工作关系去国外，隔了好久才回日本，结果看到报纸的报道，才得知她自杀了"。因为会有被怀疑的危险，所以惠说服了晶。与其说是说服，不如说是强迫，强迫她提前打了个电话，帮惠说话。有负责自家案子的律师介绍的话，大概就不会随便拒绝了吧。

一切如愿以偿，惠成功地进了日奈野的家门，得以给佛龛上了一炷香。佛龛上装饰的照片是彩照，比报道中的照片要鲜明生动得多，传递出来日奈野生前给人的感觉。惠双手合十，闭上眼睛祈祷她的冥福之后，在心里默默倾诉道：

请让我听到你内心的声音吧。如果你有什么话想对某人说，我会告诉他的……

惠感觉似乎有什么东西从眼前掠过，睁开眼睛却没有发现任何东西，只是一瞬间闻到了一股余香。那是擦肩而过的女性的秀发随风飘舞时，荡漾着的洗发水的淡淡香气。从鼻尖掠过，继而消失……就是那种感觉。

谢谢了。这就是你内心的声音啊。

惠跟日奈野的母亲面对面而坐，她从坐垫上挪下来，双手再次拄在榻榻米上。

八月份一般是夏季的生意淡季，很少有顾客上门。

不过今年比往年要好一些。不曾指望过的一些外国游客也来过店里。这大概也是大幅度开放入境的效果吧。

今天的大盘料理是扁豆、煮南瓜、炒空心菜、法式时蔬杂烩、扁豆培根法式咸派。

炒空心菜做的是淡淡的咸口，不过也可以使用XO酱。这道菜一摆上店头，就会给人一种夏季正当时的感觉。

今天的推荐菜是鲈鱼和扇贝（刺身或蘸汁片）、烤狮子唐、生火腿卷秋葵、芝士烤绿皮密生西葫芦。

因为看到了便宜、品质又好的扇贝，所以今天就多采购了一些。惠准备明天把剩下的刺身用黄油酱油炒一炒端出来。

挂上门帘，拿出广告招牌，将入口处的牌子翻到"营业中"那一面。一系列工作做完，刚一回到吧台，立即有人开门走了进来。

"欢迎光临！"

来的是新见圭介。今天他还带了一个人。

"热烈欢迎。还以为暑假了，你那边不上课呢。"

250

　　新见和他的同伴在吧台正面并排坐了下来。一看到那张脸，惠瞬间背脊发凉。

　　"我朋友有个演讲。碰巧我俩坐在一块儿，我就带他过来了。之前我们一起来过吧？这位是净治大学文学部教授，武林卓先生。"

　　两人都要了生啤。

　　"他是我教的学生当中最优秀的一个。"

　　新见这么一夸，武林谦虚地摇了摇头。

　　"是因为新闻专业竞争对手很少啦。净治大学主要以英语专业为主。我和老师您比差远了。"

　　"说什么呢，在净治大学这边，你可是我前辈啊。"

　　两人听惠解说了一下大盘料理后，各自点好了小菜。新见要的是炒空心菜，武林要的是法式咸派。

　　武林身上散发出的危险气息跟上次一样……不，这次比上次愈发凶险浓烈了。这样的人居然是大学教授，怎么回事？

　　惠将菜品分盛到盘子里，端到了两人面前。这时，她闻到了一股淡淡的气味。鼻尖处掠过一阵微微的清香。

这是？！

惠手里拿的长筷子差点儿掉到地上。

没错，这是和田日奈野的……心声……

惠靠近吧台旁边，定睛端详武林的侧颜。最初模糊不清的黑色雾霭开始慢慢形成了明确的轮廓。它从背后升到头顶，卷起旋涡。

惠用指甲拧了一把左手手背，一阵疼痛使她焦躁的心静了下来。不能在这里失败。

新见说在净治大学里，武林是他的前辈。也就是说，武林已经在净治大学执教多年。

"今天推荐什么菜？"

"扇贝怎么样？除了刺身和蘸汁片的吃法之外，也可以用黄油酱油烤着吃哦。"

"我要刺身吧，然后还有秋葵。武林君要什么？"

"难得吃一次，我选黄油酱油烤着吃。"

"好的，知道了。"

惠一面准备菜品，一面用若无其事的口气搭腔道：

"武林老师在净治大学教了很长时间吗？"

"是啊，当教授有三年了，在那之前做了四年的副教授。"

"新见老师的女儿负责的那个案件……就是那个……因为职权欺压自杀的女孩，好像是叫和田日奈野来着？那个姑娘听说也是净治大学的毕业生呢。您认识她吗？"

武林的表情变得十分沉痛。

"她是我研究小组的学生。我当了教授以后，最早带的就是他们那一届……真是好可怜啊。"

"哎呀，是这样啊。"

惠像闲聊一样应了一声，后面再也没有触及这个话题。她已经问到了该问的信息。

之后，客人一会儿就进来一位，接连不断，不到八点已经高朋满座了。新见和武林看到这个情况，起身告辞。

两人一走，惠也不管店里还有其他客人，握着手机朝店外走去。

电话响了五声，真行寺接了起来。

"不好意思，有急事。"

惠的声音里依然充满着紧张感，只是把声音压低了一些，小声说道：

"请查一下净治大学文学部新闻专业教授武林卓[1]这个人。姓名首字母是 S. T.，跟丰川先生一样。"

对面没有回答，惠知道他在用心地听她说话。

"毫无疑问，武林是个精神变态者。把日奈野逼到自杀的就是那个男人。"

"……我知道了。"

简短地答应了一句之后，电话挂断了。惠深深地吐了一口气，放下心来，马上返回店内。

"老板娘，再来一杯生啤！"

"好嘞！"

惠欢快地答应着客人的点单。

1　武林卓，日语读音为 TAKEBAYASI SUGURU，英语姓名顺序颠倒排列后，首字母缩写为 S. T.。

第二天。

九点以后，吧台上的人开始变少了，大友麻衣和浦边佐那子一起出现在了店里。

"欢迎光临。好久不见……也算不上好久吧。"

"但是有两周没见了，也算挺久了啊。"

佐那子从包里取出一个白檀扇子，啪嗒啪嗒地扇了起来。

"啊啊，好热。还是要杯生啤吧。"

"我也要小杯的。"

今天的大盘料理已经有两道卖完了。剩下的有毛豆、煮浸[1] 秋葵、XO 酱炒空心菜三种。

麻衣要了秋葵，佐那子选了毛豆。两人都已经简单吃了点儿饭，肚子不饿。

"难不成你们去参加婚活了吗？"

"是哦！"

两人异口同声地答道。

---

1 指煮后汤浸。先用清淡的汤汁煮食材，再放进汤里浸泡，以便入味。

"没有什么像样的。"

"简直是史上最差呢。"

两人用生啤干了杯，以今天不太理想的婚活派对为下酒话题，开心地聊了起来。

大约过了三十分钟，先来的顾客们开始回去了，吧台上剩下来麻衣和佐那子两人。

"今天我就早点儿打烊，也来喝一杯吧。"

惠取出了自己的玻璃杯。今天主推的美酒是为了跟黄油酱油烤扇贝搭配而购入的名牌酒而今[1]。因为是罕见的高档酒，惠没忍住，买了回来。

"贵店下周准备怎么办？"

"还没打算好呢。节日加上盂兰盆节有三天休息，对吧？一周只开店两天也没什么意思。"

"干脆休息休息呗？说句失礼的话，反正下周也不会有多少客人过来啦。有很多人还在过暑假。"

"嗯，总之今天先关门打烊。不会有人进来打扰了，

1　而今是出产于日本三重县的高档清酒品牌。

两位请慢慢喝吧。"

惠刚要从吧台里走出来的时候，新见匆匆地跑进了店里。他好像有点儿迫不及待的样子，身体前倾着。

"啊呀，欢迎……"

"月光小姐！"

新见的双手拄在吧台上。

"我女儿的婚事定下来了！"

惠脸上笑开了花。看来晶终于跟她父亲汇报了。

"那太恭喜了。"

麻衣和佐那子也都表示祝福。

"各位，是托了你们大家的福。"

新见深深地低头致谢，额头几乎要碰到吧台上了。

"快请坐，我们一起举杯庆祝一下吧。"

新见总算坐了下来。

"刚才我跟我女儿和贵史君三个人一起吃饭了。两人接着去喝第二家。贵史君今天晚上住在酒店里，说不定我女儿今晚就不回来了。啊呀，不，我倒希望那样。"

三位女性微微一笑。

"所以，我想将这份喜悦与人分享一下，就来了这边。"

"好开心。我也没白去参加代理婚活了。"

惠给新见递上玻璃杯，倒进了而今。

"小店请客。"

新见跟三人一起碰了碰杯，把酒一口气喝光了。

"啊，从来没有喝到过这么美味的酒。"

而今本身的美味，加上此时此刻的喜悦，大概别有一番滋味，好喝得无与伦比吧。

"不过，晶小姐结婚以后还会住在东京吗？"

"不，她说现在负责的案件一旦告一段落，就会将户口移到贵史君家，搬到他家一起住。"

"那可……真是下了很大的决断啊。"

"我女儿好像考虑了很多。听说她是想优先考虑跟贵史君生活在一起。"

但是，律师的工作她也想继续做下去。晶现在工作的事务所，所长的一个朋友在千叶市内经营着一家法律事务所。听说因为其中一个员工出去单干了，他们正在寻找补缺的律师。晶已经定了转到那边去。

"哎呀，太厉害了！太好了。"

"不过，据说那边待遇很低，跟打短工差不多。我女儿说她会一边打工继续干律师的工作，一边帮着干农活。不知道她能不能做到，不过我觉得她自己有那种心思是很重要的。"

新见挨个看了看三位女性。

"这么一来，我女儿就不要紧了。我什么时候死都没事了。"

"我说，新见先生。"

佐那子用强硬的语气说道：

"上一次我就想说了，你这个'死都没事'说得太多了。明明还很年轻，老这么说，万一死神真来接你了，怎么办？"

新见神情落寞地微笑着，视线低垂。

"死神已经在附近等着我了。"

新见脸上浮现出的表情就是一种已经放弃的样子。

"今年年初，我检查出了癌症。是胃硬化癌，已经到第四阶段了。而且，我被宣告只有半年活头。"

惠十分震惊，重新端详起新见的脸，佐那子和麻衣也一时无话可说。

"晶小姐知道这个情况吗？"

"她还不知道。不到最后一步，我也不打算告诉她。好不容易定下来婚姻大事，在人生最开心的时候，还要为将死的老爸担心，我不希望这样削减她的幸福。"

新见的声音虽然很平静，但是能让人感受到一股坚强的意志。

"我老婆是因为乳腺癌去世的。在最后的三年时间里，她一直在跟病魔做斗争。动手术、癌细胞转移、做化疗，这样的过程来来回回地重复。看到过她那个样子，我不想跟病魔作战了。明明没有完全治好的可能性，还要住在医院里度过余生，我不想那样白白浪费时间。"

当知道自己只剩下半年的生命，不得不留下晶而死去的时候，新见暗下决心：寻找晶的结婚对象，并且要将晶的未来托付给一个值得信赖的男人。

"在那之前，死不瞑目。我是心里这么想着努力过来的。所以，现在已经可以去死了……"

佐那子的眼角泛起了泪花，嘴唇在颤抖，仿佛一张嘴就会哭出来。

"托了各位的福。真的很感谢。"

新见挪了挪身子，刚要再次向大家低头致谢时，惠阻止了他。

"新见先生，你不会死啦！"

新见摇了摇头，像是要纠正幼儿的恶作剧一般说道：

"不需要安慰我。CT 和 MRI 已经明确显示了……"

"会不会是跟别人的病历卡搞错了呢？"

仿佛受到了侮辱一般，新见的脸颊涨红了。

"怎么会！那么傻的事！"

"但是，你身上看不到黑点啊。如果真的得了癌症，快要死了的话，应该能看到黑点。但是，你什么都没有。"

惠挺直了身子，从上方俯视着新见。

"还是去别的医院再检查一下。绝对没有任何问题。"

佐那子将身子探向惠那边。

"你说的是真的吗？"

"是的。我见过很多癌症末期的人。赌上我这个原占卜师的名誉，绝对没有错。新见先生是健康的。"

惠像接收到神灵嘱托的巫女一样，威严地挺胸宣言道。

新见的表情从呆若木鸡到瞠目结舌，然后又转向了喜出望外。

"这，这种……这事……那么？！"

佐那子站起身来，紧紧抱住了新见的肩膀。

"啊！太好啦！太好啦！"

佐那子慌慌张张放手的时候，新见握住了佐那子的手，双手握得紧紧的。他好像想说什么，却什么都没有说出来。

"如果被人宣布只剩下半年寿命，原本健康的人也会变得胃疼之类的，担心得睡不好觉，也许还会头疼。"

不只是佐那子，新见的头后方也出现了明亮的橘色亮光，开始发出小小的光芒。

惠看到眼前的景象，频频点头。

八号是周六，惠喜气洋洋地做好了开店的准备。从明天开始的八天时间，店里休息。她计划在深山老林的温泉里好好休整一下身子骨。

离开店还有一个小时，入口的门开了，真行寺走了进来。

"啊呀，欢迎光临。"

惠立即提起精神来。开店前的这个时间来店里，是因为他有电话里不方便说的话。他要说的只会是有关武林卓的情报。

"正像你说的那样，武林就是一个非常不像话的混蛋。"

真行寺在吧台正中央的座位上坐了下来。

"这家伙头脑聪明、工作能力强，长得也不错，很会骗人。不管男女，都会轻而易举地落入他的圈套。但是……"

真行寺暂停说话，皱起眉头，表情宛若吃了黄连一般苦楚。

"那个该叫什么呢……性虐待狂吗？总之，跟他交往过的女人全都遭遇悲惨。就跟受到虐待的受害者一样，总认为是自己不好。没有一个人出声指责或者求救。他会支配那些女人的精神，将她们变为自己的奴隶，最后让她们毁灭。"

真行寺摇了摇头，仿佛要拭去什么脏东西一样。

"和田是最近的一个牺牲者。越是后面的人，受到的伤害越大。因为他的手段越来越高明，而且危害程度越来越升级了，所以才会把和田逼到了自杀的份上。"

武林的所作所为果然不出惠的预料。

"武林没有妻子孩子吗？"

"有过一段离婚经历。他在美国留学的时候曾经结过婚，回国前分手了。因为是单身，就可以以结婚为诱饵诱骗女性。"

"这么放着不管，任武林胡作非为，我可受不了啊。有什么办法让他偿罪吗？"

正如字面意思那样，惠很想让他受到天诛。

"那家伙早晚会自取灭亡的。"

真行寺从椅子上站了起来。

"你怎么知道？"

"他的口碑砸了。"

真行寺一边的嘴唇上挑，脸上浮现出冷静透彻的笑容。

"这么为非作歹，还以为别人不知道，那就太天真了。虽然谣言之火一开始只有星星点点，但是会一点点地扩散，等到那家伙意识到的时候，早就晚了，已经成了大火球。"

不知道真行寺做了什么手脚，不过，惠深信会成功的。和田日奈野应该也会在暗中助力。

"祝你战斗成功！加油啊。"

"你也赶紧好好参加婚活吧！"

真行寺一如既往的嘴上不饶人，说完就回去了。

那天开店营业不久，矢野亮太和真帆夫妇一起来店里了。

"发生什么好事了吧？"

"看出来了吗？"

"这个嘛，你们两人都很开心的样子嘛。"

亮太伸出右手，做了个竖大拇指的动作。

"其实是真帆同学定下来要在溪流社出书了！"

溪流社在日本是屈指可数的大型出版社。

"好厉害啊！恭喜恭喜！"

"今天来是想跟老板娘和优菜小姐道谢的。"

据说是真帆发表在网上的论文被出版社的编辑看到了，对方邀请她改写成面向一般读者的新书。

"好像是觉得文章的着眼点很独特，内容也很有趣，不过，文风和表达方式有点儿生硬，需要改动一下。但是在溪流社出新书，很厉害吧！"

亮太说话时，那表情宛如小孩子炫耀自己的宝贝一样。惠忍不住跟着微笑。

"真帆小姐，以前的辛苦都得到回报了。今后会遇到更多志同道合的人，可以放开手脚多写了呢。"

真帆有点儿湿了眼眶，连连点头。

三人拿起生啤酒杯，刚要举杯庆祝的时候，又新进来一对恋人。

来的是新见和佐那子。佐那子将自己的胳膊挽在新见的胳膊上。看到这个情形，一切都显而易见了。两人身后亮着的光，比之前更大更明亮。

"不好意思，今天有点儿事想来汇报。"

新见的脸上略带几分羞涩，而佐那子则显得非常幸福的样子。

"两位是要结婚吗？"

"是的，她的坚强和积极向上的态度多次打动了我，但是，一想到自己的病情，我的眼前便一片漆黑。所以一直故意控制着自己不往那方面去想，觉得反正快要死了，就放弃了。"

"谁知被惠说中了！他去别的医院里检查了一下，发现根本就没有得癌症。"

"当知道自己的人生还没有结束，就再也无法浪费剩余的时光了。我们能一起度过的日子比年轻人短得多，于是就想赶紧结婚。"

佐那子带着顽皮的笑容，补充了一句：

"不过嘛，我们是事实婚姻。两人都已经有羁绊了，我们决定不受法律之类的束缚。"

新见爱怜地俯视着佐那子的侧颜说：

"我就喜欢她的这种强势。"

亮太和真帆看到这对高龄恋人那么恩爱，热烈地鼓起掌来。

"好帅！"

"好美啊！"

新见有些不好意思地挠了挠脑袋，佐那子则朝两位年轻人送去飞吻。

惠挺直了后背，双手呈 X 形交叉于胸前，高声宣布道：

"愿两位的未来一路光明！"

《婚活食堂 3 》菜谱集锦

○ 重渍熏鲑鱼卷心菜

< 材料 >2~3 人份

卷心菜叶 4 片　熏鲑鱼 65~100g

盐曲 35~50g　盐 1/2 大勺

< 做法 >

①往塑料袋里倒入盐和半杯水，进行混合。

②削掉芯子较厚的部分，将卷心菜叶装进塑料袋里封口，室温中放置15分钟左右。菜叶变软后取出来，沥干水分。

③取一片卷心菜叶放进另外一个塑料袋里摊开，上面摆熏鲑鱼，然后在熏鲑鱼上均匀地涂抹适量盐曲。再在上面放一片卷心菜叶，同样叠放上熏鲑鱼、涂抹盐曲，最后放上第 4 片卷心菜叶。

④系上塑料袋的袋口，室温中放置 1 小时。

⑤切成容易食用的大小，装到盘子里。

○ 海带卷鲷鱼片

< 材料 >2 人份

鲷鱼块 1 块（或刺身 2 人份）

海带（长度 =2 块鲷鱼块的长 ×2） 酒、盐 各少许

< 做法 >

①在厨房用纸上蘸一些酒，擦拭海带表面。

②往鲷鱼上撒盐，使盐全面渗入鱼块中。

③将鲷鱼块放到海带上（如果用的是刺身，先把刺身贴在一块儿，呈鱼块状），再在上面盖一片海带，然后包上保鲜膜。

④放入冰箱 6~24 小时后，切成片状盛到盘子里。

☆如果想更简单地来做，可以把 30g 咸烹海带（切丝）和鲷鱼刺身放进塑料袋中密封，在室温条件下放置 1~2 小时就做好了。

○凉拌萤鱿土当归

< 材料 >2 人份

萤鱿 1 盒 土当归 1 根（如果 1 根太大，就用半根或 2/3 根）

白味噌 2 大勺 醋、砂糖、酒 各 1 大勺 芥末酱 少许

< 做法 >

①土当归去皮，切成长度 4cm 左右的薄一点儿的短块，过水一冲。

②萤鱿去眼睛。如果想处理得细致一些，萤鱿须上的吸盘也可以去掉。

③锅里放入白味噌和酒，开小火进行搅拌，等酒精蒸发后，加入醋和砂糖再搅拌。最后加入芥末酱，关火。

④沥干土当归的水分，把它跟萤鱿、醋味噌混合到一起。

☆可以使用柚子和酸橘的榨汁来代替醋，也很好吃。

☆如果嫌麻烦，也可以使用市场上的成品芥末醋味噌。

○鲣鱼蘸汁片

< 材料 >2 人份

鲣鱼刺身（或鲣鱼酱） 2 人份　新洋葱 1/4 个

罗勒叶 适量　盐、胡椒粉 各少许　大蒜 2 片

橄榄油 2~3 大勺　柠檬汁 根据个人喜好用量

< 做法 >

①切削鲣鱼，加入盐和胡椒粉放置一会儿。用厨房用纸吸去水分备用。

②将大蒜捣碎，放入橄榄油、盐进行混合（A）。

③鲣鱼片摆放到盘子中，把切片的新洋葱和罗勒叶撒到里面，均匀地倒入 A。

☆柠檬汁请根据个人喜好往上浇。A 里面放点酱油也很好吃。

○味噌炒鳕鱼山药

< 材料 >2 人份

鳕鱼 2 片　中等大小的山药 1 根（切成段，150~200g）

橄榄油、蛋黄酱 各 2 大勺　盐、胡椒粉 各少许

荷兰芹（新鲜或干燥的都可以）适量

A：味噌、酱油、白芝麻酱 各 1 大勺　料酒 1/2 大勺

生奶油 40ml　海带高汤 20ml

< 做法 >

①鳕鱼切成一口大小的形状。山药去皮，切成半月形。

②将 A 中的材料充分混合。

③橄榄油倒入平底锅中加热，放入鳕鱼和山药炒，倒入 A 后炒熟。

加入蛋黄酱，最后用盐和胡椒粉调味。

④盛到盘子中，撒上切碎的荷兰芹（也可以用干燥的荷兰芹碎末）。

○ 填馅西红柿

< 材料 >2 人份

中等大小的西红柿 2 个　鸡蛋 1 个　牛油果 1/2 个

洋葱 1/2 个　蛋黄酱 2 大勺（适量）

盐、胡椒粉 各少许

< 做法 >

①西红柿从上方连蒂一起切下 1/5 左右。

②把西红柿里面的种子部分抠掉。鸡蛋煮熟，切成粗点的碎末。

③牛油果也抠去种子，果实部分切成粗点的碎末。

④洋葱切成碎末，过水冲一下，挤干。

⑤将煮鸡蛋、牛油果和洋葱碎末用蛋黄酱混合，以盐和胡椒粉调味，然后全都塞进西红柿中。

⑥让第①步切掉的西红柿连蒂部分像盖子一样斜靠在西红柿边上，感觉非常好看。

☆内馅的材料还可以用其他很多食材，也有烤着吃的菜谱。因为这是一道简单又好看的料理，您可以进行各种尝试。

○冷制新土豆奶油汤

< 材料 >3~4 人份

新土豆 6 个（约 300g） 洋葱 1 个 牛奶 500ml 生奶油 100ml

黄油 15g 清汤颗粒 适量 盐 少许 荷兰芹 适量

< 做法 >

①新土豆去皮、切薄，洋葱切片。

②锅内倒入黄油融化，炒一炒新土豆和洋葱，再加入 300ml 水，一直煮到食材变软为止。

③加入牛奶和适量清汤颗粒，加热到快要沸腾的时候关火。

④消除余热后倒入搅拌机搅拌，再放入生奶油，用盐调味。然后放到冰箱里冷却，这样就冷制完成了。

⑤最后撒上荷兰芹碎末，美美的菜品大功告成。

○ 夏季蔬菜拼盘蘸汁

< 材料 >2~3 人份

大蒜 3 片　凤尾鱼 6 条　橄榄油、牛奶 各 100ml

生奶油 50ml　盐、胡椒粉 各少许　夏季蔬菜 适量

< 做法 >

①大蒜和牛奶放入锅里，开火加热。沸腾后用中火煮15~20 分钟。

②消除余热后，将锅里的东西和凤尾鱼一起放入搅拌机里搅拌（Ａ）。

③锅里放入Ａ和橄榄油后开火，一边搅拌一边用小火煮，防止沸腾。加入生奶油，用盐和胡椒粉调味，关火。

☆趁做好的蘸汁还是温热的，蘸上蔬菜就可以享用了。

☆只要是可以生吃的蔬菜，都可以拿来做蔬菜拼盘。

○苦瓜金枪鱼沙拉

< 材料 >2~3 人份

苦瓜 1 根　无油金枪鱼罐头 1 个　洋葱 1 个

盐 少许　蛋黄酱 适量

< 做法 >

①苦瓜纵切，取出里面的种子，切成 2~3mm 的厚度。

②洋葱切成薄片，用水冲洗一下，挤去水分。

③锅里煮沸水，放盐，水沸腾后放入苦瓜焯 1 分钟左右。苦瓜过水冲洗一下，沥干水分。把洋葱片、金枪鱼罐头倒在一起，用蛋黄酱搅拌。

☆加一点儿咖喱粉也很好吃。

☆使用油浸金枪鱼罐头的时候，建议您也可以拌入橙醋。

○ XO 酱炒空心菜

< 材料 >2 人份

空心菜 2 把　XO 酱 2 大勺　大蒜 1 片

色拉油 2 大勺　酒 1~2 小勺

< 做法 >

①空心菜切成约 5cm 的长度，大蒜切碎。

②色拉油倒入平底锅中，开火，将大蒜和 XO 酱加热 20 秒左右。

③放入空心菜，洒上酒，开大火来炒。

④空心菜变软后出锅。

☆空心菜用大蒜和中式高汤炒成清淡的咸口也很好吃。

夏季来临时请尝试一下。

苦乐参半，温暖人心

《婚活食堂1》故事梗概

原是人气占卜师的惠，人生经历波澜万丈，她因过去发生的意外而失去了预见未来的能力，随后转行开了一家下町食堂。被工作、婚恋、人生问题所困的人们不约而同来到这里，惠每天都能听说"婚活"的新动态：形形色色的婚姻介绍所、婚活派对，父母替孩子相亲，婚姻欺诈师，再婚重组家庭……一面费心制造美味，一面犀利吐槽，惠渐渐解开了客人们的烦恼。

《婚活食堂2》故事梗概

美咕咪食堂因一次意外的火灾而被烧毁，幸而之后重振旗鼓，得以重新开张。曾是占卜师的食堂老板玉坂惠失去了原有的神秘力量，却拥有了能看到人与人之间缘分的能力。经常来吃饭的客人们陆续都找到了自己的幸福，这令食堂的名声越来越大，可是也让惠遇到了意想不到的麻烦……